ALMA,

ou

LE CLOITRE ET LE MONDE.

II.

1069

38826

Imprimerie de MARCHAND DU BREUIL.
rue de la Harpe, n°. 80.

Tom. 2

Elle l'abandonne en lui souhaitant un protecteur.

ALMA,

ou

LE CLOITRE ET LE MONDE.

PAR L. T. GILBERT.

Orné de trois jolies figures.

TOME SECOND.

Paris,

VERNAREL ET TENON, LIBRAIRES,

RUE HAUTEFEUILLE, N°. 30.

1824.

ALMA,

ou

LE CLOITRE ET LE MONDE.

CHAPITRE XI.

Lorsque le baron de Rosberg vit sa sœur fixée au couvent, il ne songea plus qu'à se dégager de sa parole avec le comte de Mandzof et à lui rendre la sienne, qu'il n'avait obtenue qu'avec beaucoup de peine, et qui lui aurait opiniâtrément été refusée sans le crédit du ministre de la guerre, à qui le gouverneur se voyait

dans l'obligation de céder, quel que
fût le déplaisir qu'il dût éprouver
d'être forcé d'accorder malgré lui sa
fille au baron. Julius composa sa
lettre et ordonna à son valet-de-chambre de préparer tout ce qui lui était
nécessaire pour se rendre à Vienne.
Il exigea que ces préparatifs fussent
faits à l'insu du bon monsieur Ambroise, qui certes n'aurait point ap-
prouvé la démarche qu'allait faire son
élève et son ami. Monsieur Ambroise,
confident de la vertu, ne pouvait l'être
de l'ambition, et Julius le sentait fort
bien. A l'instant marqué pour le départ, monsieur Ambroise fut appelé;
la lettre remise pour le gouverneur lui
fut confiée avec prière de la faire te-

nir dès le lendemain. Je suis obligé
de me rendre à Vienne , lui dit le baron , mon oncle , le ministre , m'y
fait demander pour des affaires de la
plus haute importance. Je vous laisse
le soin de ma maison comme avant
mon premier voyage. J'espère que
bientôt j'aurai le bonheur de vous
presser sur mon cœur et de vous
donner des preuves de mon respect
et de mon attachement. En finissant
ces mots, il embrasse le vénérable
monsieur Ambroise , s'élance dans
son équipage de route, en lui recom-
mandant une seconde fois de ne pas
oublier de faire remettre sa lettre à
monsieur le comte de Mandzof.

Ce départ précipité de Julius, cette

réserve de sa part sur les motifs de
son voyage à Vienne, cette lettre pour
le gouverneur, avaient jeté monsieur
Ambroise dans une étrange surprise ;
il ne concevait rien à la conduite de
son élève ; il ne lui parlait plus de
mademoiselle de Mandzof, son amour
pour elle paraissait se refroidir, et cependant on s'occupait toujours des
grands préparatifs de leur hymen.
Quelles que fussent les réflexions judi-
cieuses du pasteur, il ne put rien
trouver dans sa tête qui palliât en fa-
veur de Julius ce manquement d'é-
gards envers le comte de Mandzof,
son peu de confiance envers lui et
l'indifférence trop visible qu'il marquait pour Maria, dont il venait de

solliciter la main avec tant d'ardeur et de persévérance.

Comme il en avait reçu l'ordre du jeune baron, monsieur Ambroise se disposa le lendemain matin à se rendre chez le gouverneur; mais au moment de partir, il fut surpris d'une si violente indisposition, qu'on le mit au lit, où, après avoir souffert quelques heures, il s'assoupit et dormit profondément jusqu'au soir. A son réveil, il se ressouvint de la lettre qu'il avait à remettre; mais ne pouvant se transporter chez monsieur le comte de Mandzof, il y envoya le domestique qui le servait habituellement. Brück, lui dit-il, en le voyant entrer dans sa chambre, voici une

lettre que vous allez porter à monsieur le gouverneur, vous en tirerez
un reçu que vous m'apporterez sur-
le-champ, et il lui remit la lettre du
baron que Brück porta aussitôt. Arrivé au palais du gouverneur, le
concierge lui dit que le comte et sa
fille étaient absens, et ne revien-
draient que fort tard d'une fête où ils
étaient allés, et lui donna un reçu
de sa lettre qu'il promit de remettre
exactement.

Si le chapelain avait été surpris
du départ précipité de Julius, monsieur de Mandzof en ouvrant la lettre
que son concierge lui remit à son retour au palais, ne fut pas moins
étonné. Il ne pouvait rien concevoir

à cette épître où toutes les convenan-
ces étaient violées. Le jeune baron
de Rosberg, sans ménagement et
sans détour, remerciait le comte de
l'honneur qu'il lui avait fait en lui
accordant sa fille, pour laquelle, mar-
quait-il, il conserverait toujours beaucoup d'estime, et lui rendait sa parole sous le vain prétexte qu'il se
voyait contraint de se rendre à Vienne, où l'impératrice le faisait appeler. Qu'on se fasse une idée, s'il est
possible, de la colère du père outragé
et du désespoir de la fille, présente
à la lecture de cette lettre qui la frap-
pait du mépris d'un amant qu'elle
adorait, et qu'elle croyait sincère.
Maria, déchirée par les remords

d'une première faute, révoltée par l'indigne abandon de Julius, ne fut plus maîtresse de garder le secret de son déshonneur. Tombant aux pieds d'un père qui, dans son affreux malheur, devient sa providence, elle s'écrie avec l'accent du plus vif repentir : Mon père, la crainte d'un châtiment m'a fait manquer à la confiance que je vous devais, m'a fait méconnaître la bonté de votre cœur ; mais l'insulte que vous fait aujourd'hui le baron de Rosberg, la violation de ses sermens, me forcent à vous avouer ma faiblesse et son crime. A votre insu, oubliant tout respect, et dans l'espoir que notre amour fléchirait un jour votre sévérité, j'ai fol-

lement prêté l'oreille aux tendres discours de Julius ; bientôt j'ai partagé
ses sentimens ; il m'avait juré un attachement qu'aucun motif ne devait
faire cesser ; le dirai-je enfin ? il m'a
déshonorée... , je suis mère !

A ces derniers mots, la colère du
comte est si violente, et fait dans
tout son être une si grande et si
prompte révolution, que l'usage de la
voix lui manque tout-à-coup pour
exprimer son indignation. Son regard troublé ne lui permet plus de
voir couler les larmes de sa malheureuse fille, suppliante à ses genoux
qu'elle embrasse étroitement. Tombé
sur un fauteuil qui se trouve auprès
de lui, le comte y demeure long-

temps comme frappé de la foudre ;
cependant il revient par degré ; son
œil, resté sec,. se promène sévère-
ment sur Maria ; sa poitrine oppres-
sée pousse de longs soupirs, et quelques mots viennent expirer sur ses
lèvres blanchies par la colère: Honte
de ma vieillesse ! s'écrie-t-il enfin,
ma famille est donc déshonorée, et
je vis encore ! Fille coupable, levez-
vous, que jamais votre présence indigne ne trouble ma vue.... J'avais
reporté sur vous toute ma tendresse,
toutes mes plus chères affections ;
mon cœur s'épanouissait à la seule
idée de faire un jour votre bonheur ;
au soir de mon existence, mon front
blanchi souriait avec complaisance à

vos caresses, à vos moindres désirs.
L'antiquité de ma noblesse, la gran-
deur de mes titres, la fortune même,
disparaissaient à mes yeux, quand je
vous pouvais considérer comme le
premier, l'unique objet de ma félicité; mais, à présent qu'il ne me
reste plus rien, rien que l'opprobre
et la honte, je ne sais plus que vous
maudire ! Éloignez-vous de ce palais;
allez, fille ingrate, ma pitié vous assure une pension suffisante pour prévenir les besoins de la vie..... Allez,
vous dis-je, et que demain l'aurore
éclaire et accompagne votre sortie de
ces lieux.

Il a dit, et repoussant avec violence les embrassemens de Maria, le

comte fuit en l'abandonnant aux soins de quelques valets accourus.

Mademoiselle de Mandzof est portée par eux dans son appartement, où ses femmes lui prodiguent tous les secours qu'elles peuvent imaginer, pour la rappeler à la vie ; mais leur zèle est inutile, leurs soins sans effet. A la pointe du jour, le médecin est appelé ; il examine la malade, et déclare qu'elle n'a plus que quelques instans à vivre. Tout le monde fond en larmes ; le comte même, informé de cette fatale nouvelle, ne peut y demeurer insensible, malgré son ressentiment. Il s'habille à la hâte, et se rend dans l'appartement de sa fille. En ce moment, Maria pousse un

soupir , et ouvre les yeux. Le premier
objet qu'ils rencontrent , c'est le
comte , assis tristement près du lit ,
et cherchant à cacher des pleurs qu'il
ne peut plus retenir. Les forces de
Maria lui permettent encore de s'emparer de la main qui l'a maudite ;
elle y imprime le baiser du repentir.
Sa voix défaillante ne sait plus que
faire entendre ces mots : Grâce , mon
père , grâce pour le malheureux enfant de votre fille !... Ces mots prononcés avec véhémence font un effet
magique sur le comte ; il se lève , détourne la vue , et s'éloigne en jetant
des regards furieux sur tout ce qui
l'environne. Maria ; qui attend sa ré-
ponse , comme un coupable se dis-

pose à recevoir son arrêt, voyant fuir son père irrité, s'écrie avec force, en cherchant à s'élancer du lit où sa faiblesse la retient captive : Ah ! je le vois, son cœur m'est entièrement fermé ! j'ai perdu son cœur ! Cette secousse terrible est le signal de la mort de Maria. Elle retombe sur sa couche baignée de pleurs, une affreuse convulsion s'empare d'elle, et ne cesse qu'avec l'existence qu'elle vient de lui ôter. Le médecin qui n'avait point quitté la chambre de la malade, va trouver le gouverneur à son appartement; mais personne ne peut pénétrer chez son excellence, l'ordre est donné de le laisser en toute liberté, et le médecin se retire , contristé de la scène dont il vient d'être le témoin. Les valets du comte de Mandzof, les femmes de Maria, demeurés dans une espèce de stupeur que rien ne saurait rendre , se regardent les uns les autres sans proférer une parole, sans oser manifester leur surprise ; sans montrer le moindre signe de curiosité sur tout ce qui vient de se passer ; mais que devinrent ces fidèles domestiques , lorsqu'une détonation terrible se fit entendre dans l'intérieur des appartemens du gouverneur. N'étant point appelés , aucun d'eux n'osa enfreindre l'ordre du maître. La journée se passa dans cette perplexité. Vers le soir , le premier valet-de-chambre

du comte ne le voyant point paraître , au risque de lui déplaire , mit la
clef dans la serrure , pour pénétrer
dans les appartemens ; mais la porte
était fermée en dedans ; il se hasarda
d'appeler le gouverneur , personne
ne lui répondit. Il courut à la porte
du petit escalier dérobé qui condui-
sait dans les jardins, et la trouva éga-
lement verrouillé. Dès cet instant,
l'inquiétude s'empara de cet homme
zélé , il se rendit auprès des autres
domestiques, et de là chez monsieur
le grand-bailli où l'avant-veille le
comte avait passé la soirée , et lui
conta succinctement tout ce qui venait de se passer au palais du gou-
vernement , et termina son récit par

lui apprendre qu'une forte détonation, semblable à celle d'une arme à
feu, avait été entendue chez monsieur le comte de Mandzof. Le grand
bailli, suivi de son secrétaire et d'huis-
siers du baillage, se transporta en
toute hâte au palais, et s'y fit ouvrir
toutes les portes par un homme appelé à cet effet. Arrivé dans le cabi-
net particulier du comte de Mandzof,
le bailli recula d'épouvante à la vue
du cadavre-étendu sur le parquet, et
horriblement défiguré. En quittant
cette scène repoussante, il passa dans
les appartemens occupés par Maria,
et, dans le même procès-verbal qu'il
dressa aussitôt, constata en même
temps la mort tragique du père et la

II.   1.

mort naturelle de la fille. Cette opé-
ration pénible achevée, le bailli se
retira en ordonnant à l'intendant du
palais de s'occuper des funérailles du
comte et de sa malheureuse fille.

Les restes des deux victimes de la
conduite affreuse de Julius furent
portés, le lendemain, dans un tombeau, situé dehors de la ville et élevé
du vivant du gouverneur par lui et sa
famille. Après les cérémonies religieuses et les honneurs civils et militaires rendus au comte, dont chacun
déplorait la fin malheureuse, une
inscription où l'on lisait en gros ca-
ractères de bronze : *Dernière demeure
du comte de Mandzof et de Maria sa
fille*, fut placée sur le fronton du mo-

nument funéraire qu'ombrageait un saule et qu'entourait une haie vive, composée de la fleur des champs ; on y remarquait auprès de la rose printanière les lauriers du vainqueur, prêtant leurs feuillages à l'odorante violette et à l'éclatante immortelle : à quelques pas de là étaient légèrement foulés par le pied des curieux , le thym, la marjolaine , la mélisse , le serpolet et le romarin.

Cet événement inattendu jeta toute la ville d'Augsbourg dans la consternation. Monsieur le comte de Mandzof était estimé pour ses qualités par les gens du monde , aimé par les militaires auxquels il avait donné plus d'une fois l'exemple du courage. Ma-

ria, dont la beauté lui avait fait tant
d'adorateurs, n'était pas moins regret-
tée que son père ; sa bienfaisance gra-
vée dans tous les cœurs lui valait encore les larmes sincères des indigens.
Ainsi, tandis que le jeune baron de
Rosberg se livrait à Vienne à tous les
charmes d'un nouvel amour, aux at-
traits d'une ambition sans mesure,
ses concitoyens, ses amis, maudis-
saient sa mémoire et sa faute.

CHAPITRE XII.

———

TANDIS que toute la ville d'Augsbourg est dans la consternation que
lui cause la perte de son estimable
gouverneur; lorsque toutes les âmes
sensibles déplorent la destinée de Maria de Mandzof, de Rosberg poursuit
son voyage à Vienne, où il arrive en
peu de jours. Le comte de Marienthal,
son oncle, le reçoit, comme la première fois, avec tendresse et distinc-
tion, et le félicite du bonheur qui l'attend à la cour. Mon cher neveu, lui
dit-il dans sa joie, la belle comtesse

de Spar est l'amie intime de notre souveraine ; cette personne intéressante
ne la quitte plus, il n'est pas un dîner
particulier à la cour, pas une fête,
qu'elle n'y soit admise. Cet hymen ,
mon neveu, vous fera pour le moins
autant d'honneur que l'alliance de
votre maison à celle des Mandzof ;
mais ce que je ne conçois point et
que je vous prie de m'expliquer, c'est
votre empressement à vous rendre à
Vienne et le parti que vous paraissez
avoir pris de renoncer tout-à-coup à
une passion pour laquelle vous avez
essuyé de si rudes épreuves ; cependant, je l'avoue, je regrette dans le
fond que votre union ne puisse avoir
lieu avec celle dont vous m'avez dit

autrefois tant de bien. Si cette demoiselle vous aime véritablement, quelle
peine n'éprouvera-t-elle point en vous
sachant l'époux d'une autre femme ?
Mon cher Julius, je vous engage à
chercher tous les moyens qui seront
en votre pouvoir pour adoucir l'amertume des chagrins de mademoiselle de
Mandzof; c'est le fait d'un galant
homme , d'un homme délicat, et
j'aime à penser que le baron de Rosberg fera son devoir dans cette circonstance délicate.

Julius ne répondit à son oncle que
des mots en l'air, des phrases entor-
tillées ; la conversation n'étant point
soutenue, elle en resta là sur cet objet, dont le comte de Marienthal ne

s'occupait qu'en passant et qu'avec la simple intention de faire songer à son neveu à ses procédés généreux, desquels il sentait bien qu'il n'était guère possible de s'écarter, sans s'attirer le blâme et le mépris des gens de bien ; l'important pour le vieux ministre était de voir marier son neveu par les soins de l'impératrice ; selon lui cet hymen plaçait Julius sous la protection de la princesse, et il partait de là pour ne voir qu'élévation, fortune pour son neveu qu'il chérissait avec la tendresse d'un père.

Julius parut de nouveau à la cour où il obtint encore des succès. Son mariage avec la comtesse occupait déjà les dames de la cour et particulièrement l'impératrice qui, avec une ardeur extrême, suivait et surveillait en personne les longs préparatifs de noces de son amie.

Admis dans la société particulière de la souveraine, le baron avait occasion d'y voir chaque jour l'objet de ses nouvelles amours, de lui peindre en traits de feu les tendres sentimens qu'il croyait ressentir. Ce n'est pas que la jolie comtesse ne fût bien capable d'inspirer une violente passion ; mais le baron se méprenait sur ce qu'il appelait ses transports d'amour. L'ambition et l'intérêt agissaient sur son âme bien plus fortement que sa tendresse ; ils s'en étaient emparés et la gouvernaient sans relâche. Julius

d'ailleurs avait trop aimé mademoiselle de Mandzof pour l'oublier si
promptement. L'homme ne saurait
commander aux divers mouvemens
de son cœur, la possession d'une
maîtresse peut bien parfois diminuer
les illusions de l'amour, détruire une
partie des charmes qui le captivent,
relâcher la chaîne qui le retient ; mais
sans aucun motif réel de plainte,
abandonner tout-à-coup l'objet chéri,
pousser l'ingratitude jusques à l'insulte, non, certes, l'inconstance ne
peut encore avoir atteint ce degré d'in-
délicatesse dans l'âme d'un homme
bien né. Le changement subit de Julius est donc l'ouvrage seul des nouvelles passions qui se sont développées

en lui, et dont il ne peut se rendre compte; en vain il chercherait à se soustraire à leur empire; entraîné par une force irrésistible, il suit le sentier qu'elles lui présentent. Étourdi, trompé sur ses propres sentimens, le jeune baron s'y avance sans réfléchir sur les conséquences et les suites de sa démarche; dans la situation où se trouve Julius, comme son cœur, son imagination l'égare dans une mer d'espérance!

Mais un jour, le bandeau tombera des yeux du baron, il détestera sa conduite envers Maria; il regrettera sa liberté; il ne sera plus temps; les plaisirs, les richesses ne seront plus pour lui qu'un fardeau insupportable.

Enfin, le jour du mariage, ce jour
tant désiré par la comtesse de Spar, et
peut-être plus encore par l'impératrice qui ne voit et ne veut que le
bonheur futur de sa jeune amie; ce
jour, dis-je, est arrivé. Les préparatifs, quoiqu'immenses, ont été faits et
achevés avec une célérité surprenante,
il semble qu'une fée les a présidés.
L'hymen du baron de Rosberg devient un vrai jour de fête pour la cour.
Le contrat des époux est signé par
l'auguste Léopold, qui, dans cette
circonstance, veut signaler sa reconnaissance et récompenser, dans la personne du fils, les longs sevices du
père; il nomme Julius de Rosberg
major des gardes de sa maison impé-

riale et consent à honorer de son auguste présence la bénédiction nuptiale qui est donnée aux protégés de la souveraine.

Ce moment qui doit combler d'ivresse le baron de Rosberg, est pour lui celui des remords. Les plaisirs au sein desquels il paraît entraîné, sont bientôt empoisonnés par la lecture d'une lettre du bon monsieur Ambroise, qu'un valet lui remet à l'issue d'une danse légère, dans laquelle il a fait briller ses grâces et la beauté de ses formes. Le vénérable pasteur lui apprend les suites funestes de sa conduite envers Maria de Mandzof. Le vieillard, pénétré d'horreur, dans les termes les plus énergiques, ne craint

pas de lui adresser les reproches les
plus sanglans : en vain le baron veut
éloigner cette lettre de ses yeux , sans
cesse il l'y replace comme malgré
lui. Dès cet intant, il devint sombre,
lui , l'âme des plaisirs de la journée.
Tout-à-coup il se dérobe à la bien-
veillance générale, à l'amour de sa
jeune épouse que l'espérance d'un
bonheur qu'elle croit enfin fixé rend
et plus belle et plus gaie ; les attentions que se complaît à lui marquer
l'impératrice ne peuvent le retenir.
Son cœur est déchiré, bouleversé de
la lecture qu'il vient de faire. Dans
l'âme du baron , le remords a pris la
place de l'amour. Maria , l'infortunée
Maria reprend sur son cœur déchiré

son empire et ses droits. La belle Alexine de Spar n'est plus à ses yeux qu'une femme ordinaire pour laquelle il ne sent plus rien que de l'indifférence. Il déteste son ambition, et voudrait pouvoir faire un pas rétrograde, venger Maria et son père en courant s'ensevelir au fond d'un désert, et, par la mort la plus douloureuse, y expier sa faute ; mais il est trop tard, il ne peut plus disposer de sa personne : lié par un serment au pied des autels, Julius ne peut abandonner la comtesse de Spar, faire à jamais son malheur, encourir la disgrâce inévitable de sa souveraine. Aux fautes qu'il a à se reprocher, peut-il ajouter une autre faute ? Non : le cri de l'honneur, la voix du repentir lui ordonnent de souffrir, de se contraindre et de jouer un amour qu'un instant il a cru ressentir. Dans cette fatale position, Julius demeure sous l'empire du remords.

Cependant son absence de la salle de bal a été remarquée. L'impératrice le demande; Alexine le cherche des yeux; le baron a disparu : il est enfermé dans un salon voisin, où, seul, il se livre à l'excès de sa douleur. Des larmes amères coulent de ses yeux. Je l'ai tuée ! se dit-il à lui-même, du même coup j'ai plongé dans la tombe et le père et la fille ! Je suis un monstre, un misérable !

digne du mépris des hommes. O
mon Dieu! donne-moi les moyens de
réparer ma faute ; et si ma prière tar-
dive ne peut être exaucée, donne-
moi du moins la force nécessaire pour
supporter ines douleurs et concilier
mes remords avec mes devoirs.

Dans ce moment un valet vint in-
terrompre le baron et le prévenir que
l'impératrice le fait demander depuis
plus de deux heures. De Rosberg, un
peu surpris de l'apparition du valet
qui s'était introduit près de lui par
une porte perdue dans la boiserie et
dont il avait la clef, se remit promptement, et affectant une indisposition,
il renvoya le domestique, en le char-
geant de dire à la comtesse que, dès

qu'il se sentirait mieux , il se rendrait
auprès d'elle et de la souveraine. Le
domestique alla faire sa commission
sur-le-champ. L'impératrice , infor-
mée par la comtesse de ce qui se passait, parut sensible à la situation feinte
du baron , et ordonna à son premier
médecin de se rendre auprès du malade : le médecin obéit avec empressement , et fut de suite introduit près
de Julius , auquel il trouva un peu de
fièvre et les traits altérés. Il lui ordonna d'aller prendre quelques heures
de repos, qu'il regardait comme nécessaire à l'état du prétendu malade ;
mais le baron ne voulut jamais se
conformer à l'ordonnance du docteur, et lui fit observer de quelle

inconvenance il serait qu'un jour de
mariage il s'éloignât de la comtesse.
Monsieur le docteur, lui dit Julius
en lui prenant la main affectueuse-
ment, mon indisposition est fort
légère, je l'attribue à l'extrême cha-
leur de la saison ; si vous voulez m'ac-
compagner, je pense qu'un ou deux
tours de jardin suffiront pour me remettre en état de paraître devant sa
majesté l'impératrice. En disant cela
il sortit du salon , et, suivi du médecin , il dirigea ses pas vers l'escalier,
et descendit dans le parterre, où,
pendant près d'une heure, il entretint le docteur de choses indifféren-
tes à sa situation.

La fraîcheur du soir, le parfum

des fleurs d'un vaste parterre , rame-
nèrent peu à peu le calme et le repos
dans l'âme de Julius. Obligé de ren-
trer dans la salle du bal, le baron reparut enfin au milieu d'un cercle
nombreux où sa présence devint le
signal de nouveaux plaisirs. Il dis-
simule si parfaitement sa douleur,
que la belle comtesse de Spar, ne
soupçonnant rien , prend l'air froid
dont il lui parle pour la suite naturelle de son indisposition. Si cette
épouse heureuse savait ce qui se passe
dans l'âme du baron , que de peines
pour son jeune cœur ! Combien son
erreur est douce, ah ! que ne peut-
elle se prolonger long-temps !

Emporté par les plaisirs de la nuit ,

enivré d'amour dans les bras d'une
épouse charmante, et comblé d'honneurs, pour un moment Julius oublie Maria, le comte de Mandzof et
ses remords ; mais les premiers transports passés, l'image de mademoiselle de Mandzof le poursuit jusque
dans l'alcove de l'hymen. Il voudrait
retrouver dans les charmes d'Alexine
les charmes de Maria, dans la dou-
ceur de la voix de son épouse les doux
accens de celle qu'il a indignement
trahie ; funeste et triste comparaison !
Toute belle qu'est la nouvelle baronne
de Rosberg, quelle que tendre qu'elle
se montre, elle n'est plus pour Julius
qu'un être inutile à sa félicité. Ses
caresses par instans lui sont insup-

portables; cependant il est forcé de jouer la passion et de lui prouver à chaque moment que les sermens d'amour qu'il lui a faits ne sont pas de vaines et trompeuses espérances pour sa tendresse; mais toutes les fois que le baron trouve l'occasion de se dérober aux empressemens de sa femme (espèce de supplice dont il ne supporte le poids qu'avec peine), il va dans le grand monde, ou dans les devoirs de son nouveau poste, chercher des distractions et tromper sa douleur secrète.

CHAPITRE XIII.

Trois mois se sont à peine écoulés
dans cette pénible situation pour le
baron de Rosberg, lorsqu'un matin,
à son lever, son premier valet-de-
chambre vint lui apporter une lettre dont l'écriture lui était incon-
nue ; cette lettre était conçue en ces
termes :

« Monsieur le baron,

« Le vénérable Ambroise, que nous
« honorons tous comme le plus di-
« gne ecclésiastique de notre ville,

« est à la veille de terminer une car-
« rière remplie par la pratique cons-
« tante des vertus. Le mal qui va in-
« cessamment le ravir à la vénéra-
« tion publique et à ses amis , paraît
« avoir pris sa source dans des cha-
« grins de l'âme , sur lesquels mon
« art ne peut rien. Dans l'intention
« d'apporter du soulagement à ses
« souffrances , j'ai hasardé quelques
« questions ; mais le discret et infor-
« tuné pasteur ne m'a jamais répon-
« du que par ces mots : *Le secret de*
« *ma douleur n'est pas le mien, je ne*
« *puis le confier à personne.*

« Depuis un mois, mon malade
« dépérit d'une manière effrayante ;
« au moment où je prends la liberté

« de vous écrire , il ne peut plus

« prendre de nourriture, ne prononce

« plus que votre nom , et , quand

« cela lui arrive , c'est toujours avec

« l'accent de la douleur et de la co-

« lère . Ses yeux éteints par l'âge et

« le mal se rouvrent et brillent alors

« d'un feu céleste ; son bras placé

« hors du lit , paraît chercher d'abord

« quelqu'un , puis l'attirer à lui , le

« repousse ensuite avec indignation.

« Enfin le digne chapelain n'a plus

« que quelques jours à vivre ; s'il

« vous était possible , monsieur , le

« baron , de venir ici , peut-être que

« votre présence le rendrait à la santé,

« le conserverait à notre amitié ,

« et ranimerait encore sa main géné-

« reuse, de laquelle il laisse si déli-
« catement tomber le secours du
« malheureux.

« C'est dans l'espérance de vous
« voir bientôt rendu à nos désirs,
« que je vous ai écrit. J'ose me flat-
« ter que vous ne vous refuserez point
« à la prière que je vous fais, de
« venir seconder mon art et mes
« soins, si vous avez conservé, com-
« me je n'en doute pas, des senti-
« mens d'estime et d'attachement
« pour celui qui a sacrifié ses veilles
« et ses ans aux soins de votre jeu-
« nesse et de votre éducation.

« Le docteur de la faculté.

« CHOUARSBORLD. »

La lecture de cette lettre jeta le
baron dans de nouvelles peines. Hé-
las ! se dit-il en fondant en larmes ,
ce n'est pas assez que ma conduite
affreuse ait privé Augsbourg de son
respectable gouverneur, et enlevé à
la sociëté sa fille , descendue dans la
tombe , et déshonorée par moi , il
faut encore que mon ami, mon seul
ami dans le monde , soit tué par la
honte que lui cause ma conduite !
Ah ! si j'avais suivi ses sages conseils ,
que de maux je me serais épargnés !
Je serais heureux , oui bien heureux
près de Maria ; son père vivrait pour
m'estimer , et le bon Ambroise ne
serait point au lit de la mort ! Non !
ce vieillard respectable ne mourra pas

sans m'avoir pardonné. Ah ! qu'il
n'emporte point au tombeau le souvenir de ma conduite que j'abhorre !
Sa malédiction serait pour moi aussi
accablante que celle d'un père. Par-
tons demain, aujourd'hui, à l'instant, ne différons pas un moment :
qu'Ambroise voie mon repentir ; que
sa main me bénisse, que son dernier soupir soit pour mon pardon.

Sur-le-champ Julius ordonne que
l'on prépare ses équipages de route,
et pendant que l'on obéit il se rend
chez la baronne qui sommeille encore : il l'éveille avec précaution, lui
montre la lettre qu'il vient de recevoir, c'est-à-dire, ne lui en lit que
ce qu'il veut qu'elle en connaisse et

l'engage à le suivre à Augsbourg, où sa présence est indispensable. Alexine qui ne sait rien refuser à son époux, consent à tout ce qu'il lui demande, se lève, appelle ses femmes et fait disposer tout ce qui lui devient nécessaire pour faire le voyage.

Pendant que les préparatifs de départ se font, le baron et sa jeune épouse se rendent chez le comte de Marienthal, pour prendre congé de lui, et de là, vont trouver l'impératrice qui les félicite du généreux empressement qu'ils montrent à l'égard du précepteur de Julius.

Le jour n'est pas à moitié de sa course que les deux époux sont sur la route d'Augsbourg, où ils arrivent

sans s'être arrêtés que le temps nécessaire au changement des relais.

Déjà la voiture roule sur la grande
chaussée qui conduit au faubourg. A
la vue des clochers de la ville , le jeune
baron sent son cœur se serrer ; un fré-
missement involontaire s'empare de
toute sa personne , son front s'obscur-
cit visiblement ; quelques larmes bor-
dent sa paupière , la baronne les voit
couler , et les pleurs du repentir sont
pris par elle pour ceux de la joie qu'on
éprouve ordinairement en revoyant
les lieux témoins de son enfance. In-
volontairement et comme par sympa-
thie, elle partage ce qu'elle nomme la
noble ivresse de son époux ; et cette fois
encore son erreur la rend heureuse.

Mais la voiture avance toujours, un vaste champ que borde une palissade noire s'offre à la vue des époux voyageurs : non loin de là, un tombeau en marbre blanc fixe leurs regards attentifs. Que devient le baron de Rosberg à la lecture de la fatale inscription en bronze qui est placée au fronton du monument funéraire. Tous les tourmens de l'enfer dévorent son cœur; il détourne les yeux avec horreur et tombe dans le fond de sa chaise de poste, où il s'évanouit en s'écriant : *Elle est là!..... et c'est moi!.....* La jeune baronne ne sait que penser de l'exclamation de Julius ; cependant pleine de tendresse, elle cherche, en lui prodiguant ses soins, à le rappeler à la vie.

Arrivé à son hôtel, un nouveau coup va frapper le baron. La première chose qu'il fait en quittant sa chaise, c'est de voler à l'appartement du bon chapelain, où la reconnaissance semble le guider. Un médecin, un prêtre, une garde, des valets et beaucoup de malheureux entourent le lit du malade. A la vue du baron tout le monde s'écarte pour le laisser pénétrer auprès du vieillard dont il saisit aussitôt la main déjà glacée par la mort. Monsieur Ambroise respire encore, à la voix de son élève, il ouvre la paupière, le regarde quelques secondes et expire en détournant sa tête. Comment rendre la douleur de Julius, les déchiremens de son âme ; il a revu son meilleur ami, mais où ? au lit de mort où il l'a précipité,... son ami sincère, son second père, dont le dernier regard a été pour lui la marque du plus juste mépris, de la plus noble indignation. Eploré, éperdu, hors de lui, le baron fuit cette scène de douleur générale et va chercher un refuge dans le sein d'une épouse qui n'est point étrangère à son affliction, en la partageant, elle cherche les moyens d'en adoucir l'amertume.

Les devoirs rendus aux restes du pasteur Ambroise, le baron de Rosberg, suivi de son épouse, va se reléguer dans son château, situé non loin d'Augsbourg. Là, il dévore son cha-

grin. La tendresse soutenue d'Alexine,
le zèle de ses domestiques, les plaisirs de la chasse, la distraction moins
bruyante de la pêche, le repos de la
campagne, ne sont pas assez puissans
pour tirer Julius de la mélancolie qui
s'est emparée de lui. Le souvenir de
mademoiselle de Mandzof, ne le quitte
plus; il bannit entièrement de son
cœur le peu d'amour qu'il a éprouvé
un moment pour la belle comtesse.
Julius ne sent plus pour cette épouse
charmante que de l'estime; bientôt il
la désespère par sa froideur, et ne
trouve dans le lien qu'il a contracté
qu'une chaîne pesante, un fardeau
insupportable dont il voudrait s'af-
franchir au prix de toute sa fortune;

mais rien ne vient changer sa situation
pendant plus de deux années. Dévoré
de remords , le baron traîne dans son
château une vie triste et languissante
auprès d'Alexine qui, sensible et dis-
crète jusqu'à l'excès , n'ose hasar-
der aucune question sur les causes de
la douleur de son époux ; elle le voit
malheureux et souffrant , il lui suffit
d'adoucir ses peines par tout ce que
la tendresse peut lui inspirer de délicat ; sans murmurer, elle voit chaque
jour son amour et ses soins payés par
de l'indifférence et des brusqueries,
son jeune cœur soupire, son esprit
s'alarme par instant ; mais le voile
qui couvre encore ses yeux l'empêche
de voir le mépris qu'elle inspire. Ah !

pourquoi son erreur doit-elle bientôt finir?

Une circonstance vient enfin servir le baron de Rosberg au-delà de ses espérances : précisément à cette époque, les mécontens de la Hongrie, un moment contenus dans l'obéissance et le devoir, profitant du relâchement de la sévérité obligée du souverain, et conduits par des meneurs, cachés dans l'ombre, se révoltèrent de nouveau. Ils chassèrent d'abord les garnisons, puis se portèrent à de sanglans excès envers quelques magistrats. Leur audace étant portée au comble. pour les réduire promptement, l'empereur ordonna à son ministre de la guerre d'envoyer dans ce royaume un corps nombreux, à la tête duquel un régiment de sa garde marcherait pour donner l'exemple du courage et de la discipline.

Monsieur le comte de Marienthal voulant profiter de la circonstance pour donner à son neveu l'occasion de se distinguer, le désigna pour commander le régiment impérial, et, sans retard, lui fit expédier son ordre de départ, en l'invitant dans une lettre, pleine d'obligeances, à rejoindre sur-le-champ l'armée qui allait se mettre en campagne.

Le baron de Rosberg fut enchanté de l'attention de son oncle, en ce qu'elle allait lui procurer les moyens de quitter le château sous un prétexte

spécieux, et de laisser une femme auprès de laquelle il n'était plus pour
lui de bonheur. Un motif non
moins heureux pour le baron était
qu'il allait pouvoir donner à son
souverain des preuves non équivoques
de son dévoûment et de sa reconnaissance. Dès le lendemain, il répondit
au ministre de la guerre pour lui ac-
cuser la réception de son ordre de
service actif, et le remercier de ses
bontés et de l'intérêt qu'il daignait
prendre à sa fortune militaire. Après
quoi, il fit préparer ses équipages de
guerre, ce qui demanda quelques
jours. Le baron, ne pouvant faire autrement, partagea ce temps entre les
soins de ses affaires domestiques, dont

il laissa l'administration à un intendant, et les attentions qu'il devait à
une épouse pour laquelle il n'avait
plus que de l'estime et de la con-
sidération.

Le jour du départ pour l'armée arriva au grand contentement du baron.
Alexine, comme il est facile de se le
persuader , se montra très-sensible
en se séparant d'un époux qu'elle ne
pouvait se défendre d'aimer, malgré
l'extrême froideur qu'il lui marquait,
et dont elle se consolait quelquefois
par la lecture des lettres qu'elle recevait de l'impératrice qui la traitait
toujours comme sa meilleure amie.
Les adieux du baron furent plus hon-
nêtes que tendres. Il s'éloigna donc

avec une joie secrète des lieux qui
avaient été le théâtre de ses désor-
dres, et qui étaient devenus les témoins de ses remords et des tortures
de sa conscience.

CHAPITRE XIV.

Laissons le baron de Rosberg rejoindre l'armée de Léopold ; laissons-
lui négliger, abandonner même la
belle comtesse, son époune, dans laquelle il n'a pas cru rencontrer les
vertus que son imagination se complaît à prêter à Maria au-delà du
tombeau, et occupons-nous d'Alma.

Quatre ans s'étaient déjà écoulés,
depuis que notre héroïne habitait le
couvent. Jusque-là, la supérieure
n'avait point exercé contre elle d'ac-
tes de rigueur, malgré toute l'envie

qu'elle avait conçue de la tourmen-
ter ; mais Alma était si attentive à
ses devoirs, qu'il n'était guère possible de la trouver en défaut ; cependant une circonstance tout-à-fait
étrangère au cloître commença les
persécutions qu'Alma devait éprouver
dans un séjour de paix, qu'elle avait
choisi pour y goûter sans mélange
les douceurs d'une vie calme et heureuse.

Comme on a pu le remarquer,
Alma aimait passionnément la culture des plantes ; elle s'y était telle-
ment appliquée, qu'elle était parvenue à remplacer momentanément à
la pharmacie du couvent la religieuse
qui exerçait cette place difficile de-

puis plus de trente ans , et qui venait
de succomber à la suite d'une mala-
die longue et douloureuse.

Dans l'exercice de ses nouvelles
fonctions au laboratoire et hors de
ses travaux , Alma avait eu cent fois
l'occasion de voir Ernest Humbold ,
fils du jardinier , qui , depuis son retour de France , où il avait été étu-
dier sous les meilleurs maîtres , était
revenu pour aider son père âgé et infirme , et donner tous ses soins à la
culture des plantes rares dont les
jardins immenses du couvent étaient
pourvus ; il en avait même apporté
quelques-unes fort précieuses , et qu'il
se plaisait souvent à décrire à Alma
qu'il avait reconnue fort instruite en

botanique. Le rapport de goûts entre
deux personnes jeunes et instruites ,
cultivant le même art, secondé par
l'ardeur d'une imagination vive et par
un tendre intérêt, établirent entre
Ernest Humbold et Alma une sym-
pathie, une intimité qui, avec le
temps, se changèrent en un violent
amour ; mais Ernest, aussi réservé
qu'Alma était chaste, n'avait jamais
osé se déclarer. La condition de mademoiselle de Rosberg, l'habit aus-
tère qu'elle portait, lui inspiraient
d'ailleurs un respect qui maintenait
son amour naissant. Aucune tendre
confidence n'avait encore eu lieu entre eux ; Ernest soupirait toutes les
fois qu'il fallait se séparer d'Alma, et

Alma ne pouvait plus vivre loin d'Ernest. Pendant quelque temps, elle
ne put se rendre compte de l'état de
son cœur ; elle aimait d'un amour
aussi pur qu'innocent ; mais ce calme
d'un moment cessa enfin ; l'infortunée Alma connut toute l'étendue du
sacrifice qu'elle avait fait en prenant
le voile et le parti du cloître. Alma
n'avait eu en vue que de faire le bonheur d'un frère qu'elle aimait tendrement, en le laissant jouir de sa fortune, et de trouver pour elle une vie
tranquille et exempte d'orages dont
elle n'est que trop souvent remplie
dans le monde.

Mademoiselle de Rosberg, dans un
âge encore tendre, avait renoncé à

ce monde qu'elle ignorait, parce que
jusque-là elle en avait méconnu les
douceurs et les charmes; mais lorsque l'amour vint subjuguer son cœur,
lorsque ce dieu se fut emparé de
toutes ses pensées, lorsque enfin les
passions vinrent faire éclore en elle
des désirs inconnus jusqu'alors, et
développer ses sens demeurés endor-
mis, la vue d'Ernest Humbold opéra
en son âme une révolution subite.
Ce fut alors que cette malheureuse
fille reconnut qu'elle s'était abusée
sur la vocation qu'elle avait inconsi-
dérément embrassée, malgré les sages
et prévoyans conseils du chapelain de
feu son père. Le monde, ses plaisirs,
ses séductions, se peignirent à sa pen-

sée de couleurs toutes riantes, d'i-
mages vives et enchanteresses. Bientôt le calme dont son cœur a joui fait
place aux désirs vagues, au trouble,
à la mélancolie; ses rêveries nouvelles, d'accord avec les dispositions
naissantes de son cœur, lui tracent
les brillans tableaux d'un bonheur
qu'elle ignore, qu'elle cherche à connaître. La situation d'Alma devint,
pour ainsi dire, une nouvelle existence, du jour où son âme s'est ou-
verte à de nouvelles impressions ;
elle demande une félicité autre
que celle dont elle a joui jusqu'alors.
Combien le cloître, seul objet de ses
premiers désirs, lui paraît odieux;
que les vœux saints qui l'enchaînen t

au couvent lui semblent insupportables! Plus de repos pour Alma, dès
l'instant où les charmes de la solitude,
les illusions, les prestiges du bonheur
mystique cessent à ses yeux; enfin son
esprit ouvert sourit à un avenir plus
conforme à son nouveau penchant.
Alma gémit en secret sur la faute irréparable qu'elle a faite, en se vouant
sans réflexion à l'état de religieuse,
en cédant aux conseils, aux insinuations de sa supérieure. Les larmes
amères, les douleurs sans consolations deviennent le partage d'Alma;
le sommeil salutaire pour tout autre
devient pour elle une source de trou-
bles et d'anxiétés, fruits des songes
les plus cruels; mais les regrets tar-

difs, cette tristesse inutile, ces agi-
tations ne peuvent rien changer à
son sort, ne peuvent rompre des sermens prononcés devant le trône de
l'Éternel.

O vous, jeunes filles! dont l'âme
neuve, innocente et toujours prête à
céder aux premières impressions que
veulent y faire germer l'avarice, l'ambition, l'indifférence, gardez - vous
bien de prononcer des vœux que plus
tard vous maudirez; n'imitez point la
malheureuse Alma, laissez parler
votre raison, attendez que l'expé-
rience l'ait mûrie; ne devenez épouses
du ciel que bien convaincues que vous
êtes appelées véritablement à cette
condition pieuse.

II.   3.

Et vous, pères durs et avares,
mères dénaturées, frères ambitieux,
avant de faire des victimes pour servir
vos passions, avant de vouer à la ré-
clusion perpétuelle d'un cloître vos
filles ou vos sœurs, qu'une pensée
généreuse vous arrête, que l'humanité seule guide vos actions et dirige
vos démarches dans cette circonstance délicate. N'oubliez point que
le Dieu de nos pères, notre Dieu
juste et bon, ne peut recevoir que
des vœux que rien ne balance, qu'aucune résignation, qu'aucun sacrifice
n'accompagnent, autrement rappe-
lez-vous qu'il n'y a que le Dieu des
méchans, le Dieu qui préside aux
meurtres, au néant, qui puisse, qui

veuille écouter, qui consente à entendre des vœux sacriléges, et prononcés dans les larmes et le désespoir
de l'innocence tyrannisée.

Parloirs, cellules, voûtes sombres,
murs épais des couvens! redites, ré-
pétez aux barbares qui vous peu-
plent de leurs victimes, les regrets,
les cris, les gémissemens, les soupirs
étouffés, les imprécations mêmes des
infortunées que vous recelez.

Mais de quels artifices ne se sert-
on point pour tromper la crédulité de
celle qu'on destine par spéculation
à la vie monastique. On s'empare de
ses esprits, on dénature les choses les
plus saintes dont on ne cesse de l'en-
tretenir, on emploie tous les moyens

qu'on croit propres à la décider ou à
vaincre sa répugnance. Tout est mis
en usage pour surprendre sa jeunesse ;
on ne manque pas de lui faire un ta-
bleau effrayant du monde et de ri-
ches peintures de l'état auquel on la
voue. Par degré, à force de soins, de
caresses, on l'amène à prendre le voile ;
la malheureuse abusée le prend en
souriant au cloître dont elle ignore
les rigueurs ; mais bientôt les désirs
naissent, on est tourmentée sans en
connaître, sans en chercher la cause ;
la tête se peuple d'images, de formes
d'idées nouvelles, le sang s'agite et
bout, des torrens de feu coulent dans
les veines, un nouveau sens s'annonce, mais il n'est plus temps, il

faut malgré soi étouffer des soupirs
impuissans et inutiles ; il faut passer
sa vie dans le fond d'un cloître, dans
les larmes ; il faut être privée à jamais
de la vue, des transports d'un époux,
des embrassemens si doux de jeunes
enfans ; il faut enfin mourir entre
quatre murailles, brûlée de désirs,
consumée de chagrin, que, ni le
voile, ni la religion ne pourront jamais ni éteindre ni modérer : telle
est cependant la vie et la mort de
celles que l'inexpérience précipite dans
les couvens ; mais revenons à Ernest
Humbold.

Long-temps, le respect qu'il devait
au saint lieu qu'habitait Alma, le respect qu'il se devait à lui-même, le

forcèrent à renfermer dans le fond de
son cœur une passion qui le dévorait.
Le silence est un mal cruel pour celui
qui aime. Si Ernest Humbold ne parlait point, tout ce qu'il faisait était
marqué du cachet de l'amour. Com-
posait-il un herbier nouveau, toutes
les plantes choisies étaient les inter-
prètes de ses tendres sentimens. La
sensible Alma ne se méprenait pas
sur les intentions d'Humbold et se
trouvait heureuse en secret de voir son
amour payé de quelque retour. Mais
des amours si pures devaient être
troublées et avoir les suites les plus
funestes.

La sœur Marthe, dépositaire du
couvent, femme d'environ trente ans,

ardente et belle encore, n'avait pu demeurer insensible en voyant Ernest
Humbold à son retour de France. Elle
avait conçu l'espérance de lui faire
partager un jour sa passion. Entièrement livrée à son amour, sœur Marthe n'eut bientôt plus assez d'empire
sur elle pour en arrêter les progrès et
la fougue; religion, obstacles, devoir,
pudeur, rien ne peut la contenir. Cette
femme indigne du cloître, dont elle
ne craint pas de profaner l'asile sacré,
recherche Humbold, le poursuit partout, fait les plus honteuses avances,
mais toujours inutilement; tout à
sa chère Alma, Ernest repousse et
méprise les agaceries de la sœur Marthe. Une femme amoureuse et outra-

gée pardonne rarement; aussi, dès cet instant, la haine prit la place de l'amour le-plus violent. Marthe ne conçoit pas d'où peut venir cette in- différence que lui a marquée Ernest ; pour en être instruite, elle fait épier ses démarches par la tourière qui est sa créature, et qu'elle ne manque pas de mettre dans sa confidence; elle- même suit les pas de son indifférent, elle le rencontre souvent herborisant avec Alma qu'elle soupçonne bientôt d'être sa rivale, et de lui avoir enlevé un amant qu'elle brûle de posséder. Elle et la tourière mettent tant de soins, tant de circonspection dans leurs démarches, qu'enfin la sœur Marthe surprend Humbold et Alma dans un endroit écarté et solitaire des jardins; elle se cache, prête l'oreille, saisit quelques mots de leur entretien, et sur-le-champ va faire son rapport à la supérieure, et ne manque pas d'envenimer, d'augmenter et d'interpréter la plupart des mots prononcés.

Madame de Tolly qui n'attendait qu'un prétexte pour attaquer Alma, écoute avec complaisance sœur Marthe, dont elle ignore la passion, elle commence par interdire à Alma la promenade des jardins, et défend à Ernest l'entrée du monastère pour un mois, mois de séparation qui paraît un siècle aux deux amans. La sœur Marthe, qui avait ses vues, ob-

tint, huit jours après, qu'Ernest re-
paraîtrait au couvent sous le prétexte
que les jardins souffriraient trop de
son éloignement; il reparut donc à sa
grande satisfaction; mais cette fois,
comme la première, sœur Marthe
éprouva le mépris et l'indifférence de
l'objet de sa criminelle passion. Dès
lors plus de mesure : les agaceries
sont remplacées par un ton sévère ;
les paroles flatteuses cèdent leur place
aux menaces, aux injures mêmes;
mais rien ne peut émouvoir l'insensible Ernest qui a revu Alma, à laquelle
il a enfin fait l'aveu de son amour.

La sœur Marthe, désespérée de voir
sa flamme ainsi trompée, s'attache
plus que jamais aux pas d'Ernest et

d'Alma ; mais cette fois l'amour pro-
tége les deux amans ; il leur inspire
de la réserve et de la prudence , et ,
par ce manége adroit , ils parvien-
nent à tromper la vigilance de la dépositaire et de la tourière dévouée à
ses intérêts.

CHAPITRE XV.

Trompée dans ses démarches, la
sœur Marthe les ralentit un peu ; ap-
pelée d'ailleurs aux fonctions journa-
lières de son emploi dans le monastère, elle est forcée de mettre moins
d'acharnement, d'apporter moins de
surveillance ; mais son amour pour
Humbold n'en est que plus ardent,
les mépris qu'elle a éprouvés n'ont
fait qu'irriter sa passion qui, pour
être concentrée, n'en est pas moins
pour son cœur un tourment que rien
ne peut calmer. D'une autre part,

l'espèce de sécurité dans laquelle vivent Alma et Ernest à la fin les rend moins circonspects, et mettant bientôt les instans à profit, n'écoutant plus que la violence d'un amour qu'ils partagent, les deux imprudens mettent enfin un terme aux tendres tourmens qui les consument. Humbold devient l'heureux amant d'Alma; bien plus, il devient père, car, peu de temps après cette faute irréparable, Alma devient enceinte. Cet incident qui désespère la sensible religieuse, est un motif de joie pour son amant; dans l'excès de sa félicité, il forme cent projets extravagans, prodigue mille caresses à celle qui doit le rendre père. Cette dignité élève son

âme ; tous ses discours respirent la
tendresse paternelle. Alma est moins
heureuse ; elle ne voit pas sans crainte
et sans trouble la situation où elle se
trouve ; les moyens d'en sortir lui
semblent encore plus impossibles ,
elle fait part à son amant de ses in-
quiétudes ; mais Humbold , dans son
délire , lève toutes les difficultés
qu'Alma lui présente , il combat vic-
torieusement ses craintes et ses alar-
mes , l'amour est si persuasif ! Un
enlèvement est projeté , mais , pendant qu'ils combinent leurs moyens
d'exécution , la sœur Marthe a dé-
couvert , grâce aux remarques de la
tourière , la grossesse d'Alma ; il est
aisé de concevoir sa joie. Sitôt que

cette femme se croit suffisamment in-
formée, la première démarche qu'elle
fait, c'est pour perdre sa rivale. Elle
se rend chez la supérieure, et là,
d'un ton mystérieux, elle fait à madame de Tolly la confidence fatale
de la situation d'Alma. La supérieure
qui a de fortes raisons pour ménager
la dépositaire, et qui, d'une autre
part, a sa vengeance particulière à
satisfaire, l'écoute avec complaisance,
et l'encourage à ne lui rien déguiser
de tout ce qu'elle peut savoir de
cette intrigue. Madame, lui dit la
sœur Marthe, à Dieu ne plaise que
je cherche à nuire à mon prochain ;
mais investie dans cette maison du
poste important de dépositaire, je

dois à la dignité de ma place et à ma conscience d'empêcher que l'on ne souille plus long-temps la sainteté du cloître. Dans mon premier rapport, je vous ai fait part de l'intrigue naissante de la sœur Alma avec le fils du jardinier. Sagement, madame, vous avez arrêté le cours des démarches des coupables, en les séparant ; mais soit indulgence, oubli ou négligence, Ernest Humbold a trouvé le moyen de se rapprocher de sa maîtresse, et il s'en est suivi des choses..., que je ne puis nommer sans blesser la décence et la religion. Enfin, puisqu'il faut le dire, le scandale est porté à son comble, Alma a trahi l'honneur, ses vœux, la religion, Alma a suc-

combé à la tentation du démon... ,
elle porte dans son sein les marques
visibles de sa faute.

La supérieure feignit d'être indi-
gnée : quittant son fauteuil précipi-
tamment, elle s'écria avec force : Ah!
sœur Marthe, que venez-vous de m'apprendre! Quoi! celle que j'aimais le
plus, celle qui avait toute ma confiance, celle que je donnais à tout le
monde, dans le couvent, comme un
modèle de vertus, méprisant mes
sages conseils, n'a pas craint de se
couvrir d'infamie, en déshonorant le
monastère! Sœur Marthe, je vous remercie de votre zèle pieux; il va me
donner l'occasion d'exercer un exemple terrible... Je veux...

—Arrêtez, madame, dit Marthe d'un ton plaintif, je puis encore me tromper; et quand il serait vrai qu'Alma fût coupable, comme tout l'assure, je serais au désespoir d'être cause.....

— Vous avez raison, sœur Marthe, la calomnie est une chose infâme que Dieu même ne peut pardonner; mais quand un rapport n'a pour base que la vérité et le zèle pour le devoir, je ne vois là rien que de louable et de méritant. Ne soyez donc pas en peine pour votre conscience : achevez votre ouvrage, aidez-moi à punir la sœur Alma, et que son châtiment fasse frémir toutes celles qui oseraient ici marcher sur ses traces; mais j'ai besoin de réfléchir sur la punition que je veux infliger; sœur Marthe, retirez-vous dans votre cellule, allez prier pour la coupable. Ce soir, venez me trouver dans le petit jardin avec la tourière. Là, je vous ferai part de mes projets et vous recevrez mes ordres, qu'ensuite nous dirigerons ensemble. Ce soir, entendez-vous, ne manquez pas, après la clôture générale du couvent.

Marthe, au comble de la joie de voir les dispositions dans lesquelles était la supérieure, qui sans s'en douter servait si bien sa vengeance, se retira d'abord à sa cellule, où seule, au lieu de prier, elle se livra à tous les transports de la haine la plus im-

plácable. Elle sera punie, se disait
cette femme presque aussi criminelle
que sa rivale; ma vengeance sera donc
satisfaite. Le cruel Ernest, privé de
sa maîtresse et inconstant comme le
sont presque tous les hommes, finira
par l'oublier, alors je pourrai... Oh!
s'il fallait qu'il trompât encore mes
feux; s'il osait, comme il l'a déjà fait,
mépriser mon amour, qu'il tremble,
l'ingrat! qu'il redoute ma colère. Un
cachot affreux, des fers énormes lui
ôteraient pour jamais les moyens de
me trahir...; un poison lent enseveli-
rait bientôt le secret de la passion
qui me dévore.

Mais pendant que la sœur Marthe,
enfermée dans sa cellule, projette les

plus abominables moyens de vengeance contre Humbold, madame de Tolly a calculé froidement les supplices qu'elle réserve à la fille du feu baron de Rosberg, à qui elle n'a jamais pu pardonner. Sa position est, à peu de chose près, celle de Marthe : une flamme illégitime, comme on l'a vu, avait causé long-temps les tourmens de sa vie; un laps de temps considérable n'avait pu affaiblir dans son âme une haine invétérée qu'elle se trouvait heureuse de faire peser sur un être innocent des griefs qu'elle pouvait avoir contre la famille de Rosberg. L'amour outragé ne pardonne jamais; tout l'irrite, rien ne peut l'adoucir; devant lui la raison, l'humanité, la justice perdent leurs droits sacrés : aussi les mêmes motifs unissent de cœur et d'esprit la supérieure et la dépositaire. Placée sous la main des deux autorités du couvent, Alma ne pouvait échapper au coup terrible qui va la frapper. L'esprit plein de sécurité de ce côté-là, mais bercée de l'espoir de fuir un jour avec son amant, Alma se livrait sans défiance aux caresses trompeuses, aux empressemens perfides de madame de Tolly, qui ce jour-là même vint se placer au réfectoire près d'elle et de la sœur Marthe, et l'entretint d'un ton de bonté des soins qu'elle donnait à la pharmacie du couvent, dont elle lui promettait, dans les termes

les plus obligeans, la place vacante.
On ne saurait mieux choisir parmi
nos religieuses, lui disait-elle, vous
seule, sœur Alma, convenez à ce
poste de la dernière importance ; vos
talens en botanique, votre touchante
humanité me sont un garant assuré
des soins que vous apporterez toujours
dans les fonctions de cette place. La
jeune religieuse, qui ne se doutait
pas du piége qu'on allait lui tendre,
répondit avec autant de candeur que
d'empressement, qu'elle se trouvait
encore bien jeune pour occuper seule
un emploi aussi délicat ; et, lorsqu'elle
ajouta qu'elle redoutait de commettre
des erreurs dont la gravité la faisait
souvent trembler, madame la supé-

rieure s'empressa de la rassurer en lui
disant qu'elle ne trouverait jamais
mauvais que le fils Humbold la diri-
geât dans ses travaux. Ces paroles
adroites firent sur Alma un effet magique qui n'échappa point à la supérieure ni à la sœur Marthe. Au nom
de son amant, Alma rougit et devint
tremblante, ce que voyant madame
de Tolly, elle ajouta d'un ton mystique : Rassurez-vous, ma sœur, Ernest est jeune, mais il est vertueux ;
son père, que nous estimons toutes,
m'a toujours dit beaucoup de bien
de lui ; d'ailleurs, depuis le temps
que vous suivez vos études dans les
jardins, vous n'êtes pas sans vous être
aperçue de l'excellence de ses mœurs...

de son honnêteté.... de sa délicatesse.
Alma rougit de nouveau, et se trouva
si embarrassée, qu'elle ne sut que
répondre. Madame de Tolly n'eut aucune peine à interpréter ce silence et
cette gêne d'Alma. Le repas fini, la
supérieure, quand la prière fut faite,
fit retirer tout le monde, et, lorsque
chaque religieuse fut enfermée dans
sa cellule, elle se rendit au jardin,
où déjà la tourière et la sœur Marthe
se trouvaient réunies.

J'aime l'exactitude, leur dit madame
de Tolly, en saisissant la main de la
dépositaire : plaçons-nous sous ce
berceau-là, personne ne pourra nous
entendre. Puis se tournant vers la tourière, elle lui demanda si elle s'était

II.   4.

assurée que les jardins fussent éva-
cués. — Madame la supérieure peut
être tranquille de ce côté-là, répondit
à voix basse cette femme, j'ai fait
sortir tout le monde à la chute du
jour. J'ai eu soin de fermer toutes les
portes et en voici les clefs. — Fort
bien, asseyons-nous. Sœur Marthe,
ajouta madame de Tolly en se recueil-
lant un peu, avant d'agir je dois vous
mettre toutes deux dans la confidence
d'un secret que, depuis nombre d'années, je garde dans mon cœur. L'instant de le déposer dans le sein de
l'amitié est arrivé avec celui de la
vengeance : prêtez-moi donc, mes
sœurs, toute votre attention; et elle
leur raconta, dans les plus grands

détails, les particularités de son amour pour le père d'Alma, de même que les événemens qui en furent la suite, jusqu'à sa prise du voile religieux dans le couvent dont elle se trouvait la fondatrice par le sacrifice de sa fortune. En me jetant dans un monastère, leur dit la supérieure en terminant son récit, j'ai moins eu pour motif le salut de mon âme que le projet d'ensevelir ma honte et nourrir ma haine contre le baron de Rosberg. Cette haine mal éteinte se ranima, il y a quatre ans, lorsque le fils du baron vint me proposer de recevoir sa sœur au nombre de nos pensionnaires, proposition que je m'empressai d'accepter dans l'espé-

rance de pouvoir un jour assouvir ma
vengeance sous l'empire de laquelle
est placé tout ce qui porte le nom
odieux de Rosberg. Mes sœurs, instruites de mes malheurs, de mes
souffrances et de ma colère, consep-
tez donc à me seconder. Qu'Alma soit
immolée à mes tourmens, que ses
pleurs sèchent mes pleurs, que ses
gémissemens apaisent ma colère, ce
n'est qu'à ce prix que je puis pardonner au baron ; ma vengeance ne finira
qu'avec le dernier soupir de sa fille !

Ces derniers mots dits avec véhémence firent trembler la tourière. La
sœur Marthe ne put s'empêcher d'é-
prouver un sentiment de pitié. Cette
femme n'est pas encore homicide que

déjà le remords agit sur son âme. A
son tour, Marthe hasarda la confidence de sa passion pour Ernest Humbold, à laquelle madame de Tolly
ne répondit que par ces mots : Sœur
Marthe, je vous plains !.. Puisque les
mêmes malheurs nous engagent, gar-
dons le silence sur les motifs vérita-
bles qui nous font agir dans cette circonstance, couvrons-les du manteau
de la morale; rassemblons le chapitre,
qu'Alma y comparaisse, convaincue
de crime devant lui, qu'elle soit
condamnée à passer sa vie dans un
des caveaux les plus obscurs de ce
couvent; qu'une nourriture grossière
abrège ses jours détestés; moins long-
temps elle souffrira, moins nous au-

rons à souffrir nous-mêmes, puisque
sa mort sera pour nos cœurs ulcérés
le signal du repos ; mes sœurs, surtout que la religion soit respectée,
qu'elle n'entre pour rien dans notre
plan de vengeance, nos ressources
sont plus que suffisantes, n'invoquons
que la morale blessée et ne frappons
notre victime qu'au nom du scandale
que sa conduite criminelle a jeté
dans notre sainte maison ; que demain, après matines, qu'Alma soit
saisie, accusée par nous devant notre
chapitre, et qu'elle ne quitte notre
tribunal que pour être ensevelie au
fond d'un caveau infect et humide.

Minuit venait de sonner lorsque
tout fut convenu pour la perte de la

sœur Alma qui sur sa couche solitaire était livrée aux douceurs d'un sommeil légèrement troublé par des songes agréables.

Pendant toute la journée du lendemain, Alma sans défiance fut encore l'objet des sollicitudes affectées de la supérieure et de la dépositaire, lorsqu'en secret la tourière s'occupait de la convocation du chapitre, composé des douze plus vieilles religieuses de l'ordre. Jamais peut-être depuis son arrivée au couvent Alma ne se vit plus enivrée d'encens et de louanges, aucun pressentiment funeste ne vint troubler sa sécurité. Elle se livrait d'elle-même aux poignards de ses bourreaux; jamais peut-être félicité ne parut plus parfaite et l'heure de l'infortune plus éloignée.

L'aurore commençait à paraître lorsque les religieuses quittèrent les tribunes du chœur de la chapelle; on se rendit, comme cela avait été ordonné, dans la sacristie où le chapitre était déjà rassemblé. Lorsque chacun eut pris sa place, quatre sœurs couvertes s'emparèrent d'Alma et l'amenèrent devant ses juges que madame de Tolly présidait. Interdite et ne soupçonnant rien de ce qui allait se passer, Alma, qui croyait son secret bien caché, ne parut que peu émue; mais que devint-elle lorsque la tourière, qui avait reçu ses instructions, s'avança et à haute voix l'accusa d'in-

trigue avec le fils du maître jardinier
du couvent, et assura par serment,
sur le Christ qu'elle avait été témoin
de son infâme conduite et affirma
qu'elle la savait enceinte des œuvres
d'Ernest Humbold. La sœur feignit
encore de la compassion pour Alma,
demanda au chapitre qu'avant de la
condamner elle fût soumise à une visite par la sœur-médecin du couvent,
et qu'en cas d'accusation fausse, la
tourière fût bannie du couvent. La
perfide sœur Marthe, sûre de son fait,
ne craignait point de s'avancer; les
religieuses, étrangères aux sourdes me-
nées de la supérieure et de la dépositaire, accordèrent la visite demandée
et Alma fut conduite dans une salle

voisine, où, malgré ses efforts, il fut
dûment constaté qu'elle portait dans
son sein le fruit de son crime ; il n'en
fallut pas davantage pour fixer les
juges tous à la dévotion de madame
de Tolly ; Alma fut donc condamnée
à être enfermée dans une des caves
du couvent, où on l'entraîna sur-le-
champ, malgré ses cris, son désespoir et ses larmes, en réparation du
déshonneur et du scandale que sa
conduite causait au monastère.

En vain la malheureuse Alma ap-
pelait-elle à son secours Dieu, son
frère et son amant, en vain, les mains
jointes, suppliait-elle ses juges
inexorables ; vainement voulut-elle
attendrir les religieuses sur son état,

rien ne put fléchir ces femmes sévères ;
il fallut descendre au caveau, où l'attendait un lit de paille , un pain noir
et de l'eau pour étancher sa soif et ra-
lentir les accès · d'une fièvre brûlante
qui venait de s'emparer de la victime.

CHAPITRE XVI.

A peine Alma fut-elle reléguée
dans un cachot, que la sœur Marthe
tourna ses regards criminels vers Ernest Humbold qui, inquiet de ne
plus voir paraître sa maîtresse, commençait à redouter quelque trahison
de la part des religieuses, et surtout
de la sœur Marthe ; cependant il sut
se contenir, et sa prudence le servit
heureusement pour ses propres intérêts, comme on va le voir.

Assurée qu'Alma ne pouvait plus
être un obstacle à ses feux, la dépo-

sitaire faisait guetter Ernest toutes les
fois qu'il venait au jardin du couvent;
elle apprit par la tourière qu'il paraissait chagrin et toujours rêveur, que
tout en travaillant, il versait des
pleurs et gardait un morne silence,
qu'enfin il était changé de façon à ne
pas le reconnaître. Sur le rapport fidèle de sa confidente, la sœur Marthe commença à croire que la conquête du cœur d'Ernest n'était pas
aussi facile qu'elle se l'était imaginé,
cependant elle ne voulut point différer d'y travailler, et, dès le jour suivant, elle se trouva à la rencontre
d'Humbold, comme il arrivait pour
donner ses soins à la culture des
plantes. L'amant d'Alma ne fut pas

peu surpris de la voir l'aborder d'un
air cavalier, et de l'entendre lui dire :
Oh ! par sainte Marie ! mon enfant,
que vous êtes changé ! Avez-vous été
malade ? Vous est-il arrivé quelque
chagrin ? De grâce, faites-moi part
de vos peines, déposez-les dans le sein
d'une personne qui est prête à les faire
cesser, usez de tout mon crédit dans
cette maison. Ernest, d'un ton calme
et mesuré, lui répondit : Madame,
je n'éprouve aucun chagrin, aucune
peine... J'ai seulement de l'inquiétude pour..., et il s'arrêta là, en
poussant un douloureux soupir, dont
la sœur Marthe sut apprécier la valeur. Monsieur Ernest, reprit la religieuse, vous n'êtes pas franc avec

moi, vous gardez le silence... ; vous
dissimulez, quand vous savez que je
puis vous rendre à la vie, au bonheur. — Quoi ! madame, vous pour-
riez me dire ?...—Oui, Ernest, oui,
je peux vous dire beaucoup de choses..., des choses même qui vous fe-
ront frémir. — Ah ! ma sœur, de
grâce, daignez vous expliquer.—En-
trons dans ce bosquet, je ne voudrais
pas qu'on nous entendît, et Marthe
le prenant par la main, l'entraîne,
et ajoute : Je connais les causes de
vos chagrins, je sais que vous aimez
une de nos sœurs, qu'Alma enfin est
l'idole de votre cœur. L'indiscrète
religieuse a tout avoué à notre supérieure. — Se pourrait-il qu'Alma ait

dit... — Qu'elle était enceinte ; mais elle n'a point nommé son séducteur. — Ah ! je respire. — Mais , à force de recherches, après les questions les plus adroites et de certains indi- ces , madame de Tolly croit avoir trouvé le coupable en vous. — Eh bien ? — Dans sa sainte colère, elle a juré de faire punir d'une façon exemplaire celui qui est l'auteur du scandale qui existe dans le monas- tère. Tremblante pour vous, j'ai fait tout pour détourner l'orage qui gronde sur votre tête , j'ai fait tout ce qui a été en mon pouvoir pour vous servir; mais déjà madame la supérieure avait écrit au baron de Rosberg , et ce seigneur furieux a, dit-on , été trou-

ver monsieur le grand-bailli , et demain peut-être vous serez arrêté et
traîné en prison.—Mais Alma, qu'est-
elle devenue ? Si vous le savez , daignez me le dire.—Madame de Tolly,
la nuit dernière, l'a fait sortir de la
maison , et son frère l'a secrètement
fait conduire dans une terre éloignée
où elle doit mettre au monde l'enfant
qu'elle porte dans son sein ; ensuite
elle passera dans un autre couvent
qu'on ne nomme point , et pour
cause.... , vous entendez bien..... —
Madame, ne m'abusez-vous point ?
est-il possible que je perde ?... — Ernest, quel intérêt, hors celui que je
vous porte , me ferait agir ? — Ainsi
donc , mademoiselle de Rosberg est

perdue pour moi sans retour... Son enfant me sera ravi ! Ciel ! quoi ! déjà tu me punis de ma faute ? —Mon enfant, consolez-vous, ce n'est pas le moment de vous affliger ; pensez plutôt à fuir les effets de la juste colère du baron. — J'irai me jeter à ses pieds. — Il vous repoussera. —S'il a aimé, il me... — Il est noble et riche, vous êtes sans nom et sans bien. Croyez-moi, pensez plutôt à votre salut : fuyez promptement. — Fuir, dites-vous, ma sœur, quitter mon pays..., mon père..., mon amante..., mon enfant..., qu'on ne l'espère pas. — Cependant, Ernest, votre sûreté le commande. — L'honneur m'ordonne le contraire. — Demeurer, c'est perdre Almà et vous - même. Fuyez donc, vous dis-je encore une fois. — Non, non, ma sœur, je ne puis me résoudre à fuir seul. — Si vous étiez plus calme et plus capable de m'entendre..... — Ah ! ma sœur, parlez, dites-moi... — Alma, d'après ce que je sais, paraît entièrement perdue pour vous, pour votre amour. Rien ne peut plus, dit-on, la soustraire à la rigueur d'un frère irrité contre elle. Y songer donc plus long-temps, serait le comble de la folie. Vous ne serez pas plutôt loin de ces lieux, que votre amour pour cette fille diminuera sensiblement. Vous serez tout étonné de ne plus rien sentir pour elle, en amour le temps et l'absence sont de grands médecins ; mais, comme le cœur a besoin de consolations, et que trop souvent il ne se guérit de la perte d'un objet chéri que par la possession d'un autre, je vous propose de vous suivre dans votre fuite. Ernest, vous savez combien je vous aime, nous passerons en pays étrangers, en Italie, en France, en Espagne, où vous voudrez enfin, un désert et vous, cher Humbold, et Marthe sera heureuse. En ma qualité de dépositaire du couvent, je tiens des sommes considérables à ma disposition, je puis, si je le veux, m'en emparer, et.. — Arrêtez, madame, n'achevez pas. Quoi ! vous voulez qu'après une

faute j'en commette une autre en partageant un crime affreux?.... Non,
jamais Ernest ne consentira..........
— Mon enfant, vos scrupules font
pitié, je n'emporterai de la caisse du
monastère que le prix de ma dot, et
il sera plus que suffisant pour nous
faire vivre à l'aise. Voyez donc ce que
vous voulez faire; vous avez peu de
temps pour opter entre l'infamie et le
bonheur; adieu, demain à pareille
heure, vous me trouverez dans ce
bosquet, je vous y attendrai, faites
vos réflexions, d'elles vont dépendre
vos destinées. En finissant ces mots,
sœur Marthe se retira en lançant à
Ernest un regard qui lui expliquait
tout ce qui se passait dans l'âme

de cette femme ardente et dépravée.

A combien de réflexions Humbold ne fut-il pas livré le reste de la journée et la nuit suivante ? La disparition d'Alma le désespérait, la proposition de la dépositaire lui faisait horreur ; Ernest était bien résolu de fuir pour échapper aux poursuites du baron de Rosberg, contre lequel il lui paraissait imprudent de lutter; mais fuir avec une femme qu'il ne pouvait souffrir, une femme qui lui proposait de couronner un amour qu'il méprisait et de partager une fortune au prix de son honneur. Je fuirai, se dit-il, puisque la prudence me l'ordonne. Je passerai en France; je m'y ferai soldat, mais je quitterai Augsbourg

seul ; cependant pour ne point éveiller de soupçon , demain je me ren-
drai au bosquet, et par un mensonge
adroit, qui me répugne d'ailleurs,
mais qui devient nécessaire dans l'extrémité où je suis, je feindrai de con-
sentir à enlever la sœur Marthe; par là
je gagnerai du temps, et au moment
où cette indigne femme se livrera à
la joie, qu'elle courira au bonheur
qu'elle espère , je m'éloignerai de ces
lieux , où aucune espérance de félicité
ne peut plus me retenir.

Ponctuel au rendez-vous du lendemain, Humbold se transporte au
bosquet où, un livre à la main, dans
lequel elle feignait de lire avec attention, la sœur Marthe l'attendait de-

puis plus d'une heure. A son approche, elle se leva, fit deux pas pour
aller au-devant d'Ernest et lui demanda ce qu'il comptait faire. Fuir, madame, fuir avec vous, lui répondit-
il d'un ton de vérité, m'éloigner d'ici,
puisse, cette seconde faute... —Pourquoi craindre, Ernest? nous fuirons,
mon ami, nous partirons ensemble ;
je prendrai si bien mes mesures qu'a-
vant qu'on ait aucun soupçon nous
serons déjà hors de toute poursuite ;
mais je vous engage à n'apporter aucun retard, songez que le temps
presse. — Je ne puis partir d'Augsbourg aussi vite que vous le pouvez
croire, madame, j'ai des intérêts à
régler, j'ai un père infirme que je

veux informer de mon malheur et préparer à notre séparation prochaine ; il me faut au moins six jours pour tout terminer dans cette ville. Marthe devint rêveuse un moment, puis fixa Humbold, comme pour lire dans ses yeux s'il ne la trompait point, et lui dit : Six jours, dites-vous, cher Ernest? il me semble que six jours sont... Allons, je vous accorde ce délai, peut-être funeste à votre sûreté ; mais tenez-vous caché, ne sortez que le soir et déguisé... Défiez-vous des démarches du frère d'Alma.

La cloche du réfectoire s'était fait entendre pendant la conversation que venait d'avoir la dépositaire et Ernest, sœur Marthe fut obligée de se retirer.

En s'éloignant, elle engagea encore Humbold à faire diligence, et de ne pas manquer de la faire prévenir par la tourière du jour qu'il aura choisi pour leur départ d'Augsbourg.

Débarrassé de la dépositaire dont il était complètement la dupe, quant aux prétendues poursuites du baron de Rosberg et de la disparition d'Alma, Humbold retourna chez son père auquel il conta en détail la situation critique dans laquelle il se trouvait et l'obligation où il était de fuir et de se rendre en France, où pendant son premier voyage il avait fait quelques amis. Le vieillard approuva la prudence et le projet de son fils, et le soir même, de ses mains débiles, lui donna la bénédiction paternelle et le baiser d'adieu.

Pourvu d'or, de papiers de familles indispensables, et monté sur un excellent cheval, Ernest Humbold s'éloigna d'Augsbourg à l'aube du jour et ne s'arrêta qu'au premier village pour faire rafraîchir sa monture qu'il avait un peu poussée afin d'éviter les poursuites de la sœur Marthe dont il fuyait l'amour et les charmes.

Lorsqu'il fut à plus de quarante milles d'Augsbourg, Ernest vendit son cheval, déjà très-fatigué, prit la poste et changea tout-à-coup de direction. En peu de jours il gagna la frontière de France, et se rendit de suite à Paris où l'on ne parlait que des victoires du jeune monarque.

A cette époque la France était en
guerre avec les Hollandais, les Alle-
mands, les Espagnols, les électeurs
de Brandebourg, du Palatinat et de
Cologne, le duc de Lorraine, le roi
de Danemarck et les Anglais; il ne
restait plus à Louis XIV que le roi de
Suède pour allié, dont les forces militaires suffisaient à peine pour attaquer les Danois. Harcelé de dix côtés,
les capitaines du jeune roi ne lais-
sèrent pas que de faire de brillantes
conquêtes et de remporter beaucoup
de victoires signalées. L'occasion,
comme on le voit, était on ne peut
plus favorable à quiconque se sentait
du goût pour le métier des armes.

Humbold avait toujours eu du penchant pour l'état militaire, et n'avait
professé la botanique que pour soulager son père qu'il respectait et qu'il
avait toujours beaucoup aimé. Il fit
parler à monsieur le vicomte de Turenne par un de ses amis, dont le père
était très-puissant à la cour. Le général voulut connaître Ernest, qu'on lui
présenta. La figure du jeune Allemand
lui plut sur-le-champ, il le fit placer
dans un régiment qui se trouvait sous
ses ordres, et quelques jours après
l'appela à son état-major en qualité
de secrétaire. Ernest Humbold avait
de l'instruction, du zèle, du courage,
savait plusieurs langues. Auprès du
grand Turenne (c'est ainsi que déjà

on le nommait), Ernest ne pouvait
manquer de faire un chemin rapide.
Dans une affaire contre le duc de
Lorraine et le comte de Caprara, au
village de Seintzeim, où l'ennemi,
supérieur en nombre, fut contraint
de repasser le Nècre, Humbold prit
un drapeau qu'il défendit ensuite sous
les yeux de son colonel et qui fut
teint de son sang. Le vicomte de
Turenne, qui aimait la valeur, ayant
appris cette action d'éclat de son secrétaire, qui la veille de cette bataille
avait demandé la grâce qu'il lui soit
permis de retourner à son régiment
et de partager les dangers qu'allaient
courir ses camarades, fut enchanté
d'Ernest, le rappela près de sa per-

sonne, l'embrassa tout en examinant
le drapeau. Humbold, je suis content
de vous, lui dit le général, dès ce
moment vous n'êtes plus mon secrétaire ; je serais au désespoir de priver
sa majesté d'un aussi brave soldat que
vous. Cependant, c'est dans ma tente
que je prétends que l'on vous soigne
de cette blessure que je vois à votre
bras. Quand elle sera guérie, je vous
donnerai une lettre pour notre jeune
prince, et vous irez de ma part lui
faire l'hommage de ce drapeau. Il ne·
serait pas aisé à tout le monde de se
faire une idée juste de la joie qu'é-
prouva Humbold ; il faut avoir été sur
un champ de bataille ; il faut avoir
pris un drapeau à l'ennemi pour sen-

tir vivement et brûler de ce feu héroïque, pour éprouver l'enthousiasme de la gloire ; que celui qui vient de faire une action d'éclat est heureux intérieurement ! qu'il est fier, lorsque, pour la première récompense, un héros tel que Turenne le presse contre son cœur et l'encourage par les plus belles espérances !

L'impatient Ernest ne put attendre que sa blessure fût entièrement fermée. Un matin il rappela au vicomte de Turenne la promesse qu'il lui avait faite de l'envoyer vers le monarque qu'il brûlait de voir. Le général, qui aimait dans un jeune guerrier cette noble impatience, cette ardeur enfin que montrait Humbold, écrivit de sa main une lettre au roi, qui, dans ce moment-là, se trouvait à Ladembourg avec le grand quartier-général. Le jeune homme partit, son trophée sur l'épaule, son bras encore en écharpe, et escorté de douze grenadiers. Arrivé à Ladembourg, Ernest fut admis auprès de la personne du monarque, auquel il présenta humblement la lettre du vicomte de Turenne, son général. Lorsque Louis XIV eut fini de lire, il regarda Ernest en souriant, se tourna plusieurs fois du côté de quelques officiers de sa suite, enfin lui dit, de ce ton de majesté qui ne le quittait jamais : J'accepte le présent que m'envoie votre général, et pour récompenser votre courage, je vous fais

officier dans votre régiment. Je pense
que celui qui a su enlever un drapeau
à mes ennemis saura défendre le sien.
Humbold salua le monarque avec le
plus profond respect et se retira. On
le conduisit dans une tente éloignée
de celle du roi, où il fut régalé par
quelques officiers du premier régiment
de la maison royale. Le lendemain il
se remit en route avec son escorte et
se rendit auprès du grand Turenne,
qui, à son tour, le félicita sur la bonne
réception que lui avait faite le monarque. Monsieur Humbold, lui dit
le général, un trait de courage commence votre fortune, j'espère bien
que vous n'en resterez pas là. Le chemin de la gloire et des honneurs vous

est ouvert, je vous engage à ne le jamais quitter. Vous êtes jeune, le roi a daigné vous honorer de sa confiance en vous donnant un grade, ce doit être une raison pour vous attacher à ses armes ; il aime les braves et sait les protéger. Puis, lui saisissant la main avec bonté, le général ajouta : Aujourd'hui nous dînons ensemble, demain vous irez prendre votre rang parmi les officiers de votre régiment. On vous attend : votre valeur vous a fait des amis de tous vos nouveaux compagnons d'armes.

Humbold, pénétré de la bonté que lui marque le vicomte de Turenne, lui saisit la main à son tour, la porte à sa bouche avec transport, le remer-

cle avec l'expression de la plus vive
reconnaissance, et lui jure de com-
battre pour le roi et de ne cesser de
mériter sa protection particulière par
son zèle et son dévouement. Le général fut très-sensible aux protesta-
tions d'Ernest, l'embrassa et lui donna
quelques conseils sur la manière avec
laquelle il devait se conduire dans
son nouveau poste. Le jeune homme
assura Turenne qu'il se conformerait
en toute chose aux ordres qui lui seraient donnés, et qu'il n'avait rien
tant à cœur que de se faire aimer de
tout le monde. Dans ce moment on
vint prévenir le général qu'un envoyé
du duc de Lorraine venait d'arriver
au camp; il quitta aussitôt Humbold,

qui, demeuré seul quelques momens, passa en revue dans son esprit ses amours, ses malheurs et sa nouvelle fortune. La mémoire d'un père chéri, le souvenir d'une maîtresse adorée vinrent tour à tour s'emparer de son âme. Que n'eût-il pas donné pour qu'Alma fût témoin des honneurs qu'il recevait en France ! qu'il eût été heureux et fier de paraître devant elle décoré d'un grade qu'il devait à sa seule valeur ! La gloire sans doute avait quelque charme pour son cœur, mais l'amour y remplissait la première place. L'avenir se présentait à son imagination active d'une manière riante et fortunée; mais Alma était perdue pour lui, et cette idée déchi-

rante venait sans cesse à la traverse
de ses projets de bonheur.

Il rêvait encore, lorsque le vicomte
de Turenne rentra dans la tente; il
fit un signe de main à Ernest, qui le
suivit aussitôt, et alla se placer à
table à la gauche du général, qui le
traita de la manière la plus distinguée
pendant tout le temps que dura le
dîner.

Mais laissons l'amant d'Alma pour-
suivre sa carrière militaire, se montrer dans mille occasions digne de
l'estime de son chef et se couvrir de
gloire, et revenons à cette fille infortunée que nous avons laissée dans son
caveau, maudissant sa destinée et
pleurant ses amours malheureux.

CHAPITRE XVII.

Depuis le départ d'Ernest Humbold
pour la France, plus de cinq mois
s'étaient écoulés, et la malheureuse
Alma avait éprouvé tout ce que la misère a d'affreux. La cruelle sœur Marthe n'avait pas manqué un seul jour
d'aller visiter sa victime, de repaître
ses yeux du spectacle de ses tourmens
et d'insulter à sa douleur. Deux fois
par semaine, la supérieure, sous le
prétexte odieux de punir le scandale
que la conduite d'Alma avait produit
dans le monastère, lui faisait donner

la discipline, et c'était ordinairement la tourière qui, peu touchée des cris que poussait l'infortunée, était chargée de cette exécution. C'était encore de cette femme qu'Alma recevait chaque jour du pain noir, de l'eau et un peu de soupe. Marthe, l'indigne Marthe, aurait bien voulu que sa rivale succombât sous le poids de ses infortunes, afin qu'il ne restât à Humbold, qui avait trompé son amour criminel, aucune espérance; mais la supérieure, non moins dure que cette femme, par un raffinement de cruauté, exigea que la nourriture fût toujours suffisante, afin que l'existence de sa victime, respectée en apparence, ne soit dans le fond qu'un tissu de misère,

de souffrance et d'opprobre. Plus
long-temps, disait-elle, Alma sera
tourmentée, plus notre vengeance
aura de quoi se satisfaire, plus elle
trouvera d'aliment et de force. Que
notre victime périsse! mais qu'avant
de descendre dans la tombe elle ait
éprouvé tous les effets de notre ressentiment. Jouissons donc de ses
pleurs, n'opposons à ses prières que
le sarcasme et l'ironie; en un mot,
vengeons-nous en femmes outragées!
Soyons pour Alma inexorables et sans
pitié, je ne serai satisfaite, je n'aurai
vengé les insultes que j'ai reçues de
son père que lorsque j'aurai épuisé sur
elle tout ce que peut inventer la colère, la haine et la vengeance.

Mais pendant que l'on médite la ruine d'Alma, descendons la visiter dans le caveau qui la recèle : une lampe suspendue à la voûte l'éclaire à peine ; une table d'un bois grossier où sont déposés les alimens de la journée, est placée à côté d'un lit formé de planches recouvertes d'un peu de paille que l'on change tous les huit jours. C'est sur cette couche sale et humide que l'infortunée repose ses membres fatigués par l'excès de la douleur. Appuyée sur la table et les yeux tournés vers le ciel, sourd à ses prières, écoutons-la, s'il est possible, sans éprouver un serrement de cœur; sans ressentir les effets d'une juste horreur :

O mon Dieu ! toi, que j'ai offensé, dit-elle en joignant les mains, as-tu pour jamais repoussé mes prières ?... Vous, murs sombres, enceinte ténébreuse qui retentissez des soupirs poussés par la douleur et l'amour, ne viendrez-vous pas bientôt m'ensevelir sous vos ruines ! serez-vous insensibles comme le ciel l'est à mon repentir ? Mais que dis-je ? est-il vraiment sincère, peut-il l'être, lorsque mon cœur ne peut se dégager des feux d'amour qui le dévorent ?

Cher Ernest, qu'es-tu devenu ?... où es-tu ?... tu ne m'entends pas... tu ne peux m'entendre... cher amant !... ton nom ramène à mes esprits le souvenir de nos momens de bonheur avec le sentiment de nos peines. O nom chéri! Alma ne peut te prononcer sans pousser de douloureux soupirs et verser des torrens de pleurs. Ernest, en quel lieu où tes pas errans t'ont porté, car tu as dû fuir un séjour que je n'habite plus pour toi, daigne te ressouvenir de celle qui vola au-devant de ton amour, qui longtemps se déguisa sous le nom de l'amitié. Près de toi Alma était heureuse, loin de toi son imagination enflammée, te prêtant mille vertus, te voyait sous mille formes enchanteresses. Alors ses yeux exempts de larmes croyaient pouvoir t'admirer sans crainte, ils aimaient à te voir sans effroi; une plante nouvelle, une fleur

des champs, un brin d'herbe, offert
par ta main étaient toujours pour son
cœur un signal d'amour qui le faisait
palpiter. Ta pensée était la sienne,
tes désirs entraînaient les siens, c'est
là, cher amant, c'est là le véritable cachet de l'amour parfait. Sans ces rap-
ports, sans la simpathie il n'est que
transport et frivolité ; il n'est qu'un
échange d'astuce et de fourberie.

Mais que notre destinée est chan-
gée ! que de malheurs se peignent à
mes esprits, je vois mon époux, oui,
mon époux ; car le ciel en me faisant
aimer Ernest semble l'avoir désigné à
mon cœur... Je vois, dis-je, celui
que j'adore, pour qui seul je tiens à
la vie, pour qui j'aime encore à souf-

frir, sur un sol étranger, traînant sa
douleur et sa misère; je le vois en
butte aux persécutions de nos ennemis... Peut-être un cachot semblable
à celui qui me sépare de lui, me
ravit à sa tendresse, me dérobe à
ses regards.

Ici, Alma suspend ses plaintes amères; le bruit d'une porte voisine du
caveau lui dit de garder le silence; elle
a entendu une voix, c'est celle d'un
de ses bourreaux : la porte du caveau
roule bientôt sur ses gonds rouillés,
la tourière paraît: dans une main, elle
tient un vase d'étain rempli d'eau
fraîche, un morceau de pain noir est
placé sous son bras; dans l'autre main,
elle tient une discipline armée de poin-

tes de fer. Lorsque cette infâme et vile
créature a déposé sur la table le vase
et le pain, elle s'approche d'Alma, et
lui dit d'un ton brusque : Allons, sœur
Alma, à genoux, et qu'on ne me fasse
pas répéter deux fois. L'infortunée
religieuse, sans oser proférer un seul
mot, se dépouille de ses habits, se
met à genoux, et se dispose à recevoir cinquante coups de discipline que
la barbare tourière lui applique d'un
bras vigoureux, après quoi, elle l'aide
à remettre ses habits, et se retire en
lui disant : Voilà votre nourriture ; ce
soir, je viendrai vous apporter de la
soupe ; mais ne vous y accoutumez
pas au moins, du pain et de l'eau ,
c'est encore trop pour une fille qui a

déshonoré notre sainte maison. Madame la supérieure est vraiment trop indulgente, et sans cet ange de bonté, notre digne et respectable dépositaire.... Elle n'acheva point, referma la porte du caveau. Alma resta seule étendue sur son grabat, fondant en larmes, et priant le ciel de la soustraire, par une prompte mort, à la rigueur cruelle des religieuses.

Un grand mois s'écoula encore dans de pareils traitemens pour la pauvre Alma. Une nuit où le sommeil semblait apporter un doux repos et une suspension à ses maux, elle éprouva les premières douleurs de l'enfantement. Réveillée tout-à-coup, elle se lève, va, vient dans son caveau, son

mal augmente d'instant en instant :
la voûte humide retentit de ses cris ;
trois heures se passent ainsi , et les
douleurs se succèdent rapidement et
deviennent insupportables. La malheureuse , sans secours , livrée à ses
seules forces presqu'épuisées , tombe
enfin sur les planches de sa couche ,
où elle demeure comme anéantie
quelques instans ; mais bientôt une
douleur plus forte que toutes celles
qui viennent de l'accabler la fait sortir de son état d'évanouissement.
Alma veut se lever, cela lui est im-
possible ; cette douleur est la dernière
qu'elle éprouve : elle met au monde
un enfant qu'elle considère avec tendresse , et, dans sa joie douloureuse,

l'embrasse en lui donnant le nom de
fils. Le titre de mère qu'Alma vient
d'acquérir, les cris de son enfant semblent lui rendre une partie de ses forces ; elle se lève de son grabat, dé-
chire ses vêtemens dont elle enve-
loppe l'innocente créature, après l'a-
voir soigneusement lavée. Cette opé-
ration indispensable finie, elle tombe
à génoux, remercie le ciel de lui avoir
conservé la vie pour alimenter celle
de son fils contre lequel elle se penche
en lui présentant son sein : nouvelles
souffrances; mais de combien de plaisir elles sont suivies ! l'enfant puise la
vie aux sources maternelles : que ce
moment a de charmes pour Alma !
il lui fait oublier sa misère ; elle ne

veut plus vivre que pour son fils, qui,
désormais, sera son unique consolation, et peut-être un jour son appui,
son vengeur.

Elle se berce de ces douces et con-
solantes rêveries, lorsque se rouvre
la porte du caveau, cette fois c'est la
supérieure, accompagnée de la dépositaire, qui viennent visiter la religieuse : quelle est leur surprise en
trouvant leur victime occupée des devoirs maternels avec cet empressement
qui tient du délire. Il serait difficile
de décrire la rage de la sœur Marthe;
son premier mouvement est d'aller à
Alma et de lui arracher son enfant
suspendu à son sein ; mais, madame
de Tolly, beaucoup plus maîtresse de

sa colère, retient Marthe. Que faites-
vous, ma chère sœur, lui dit-elle avec
le plus grand calme? oseriez-vous profaner vos mains des fruits du crime ?
La coupable n'est digne que de notre
mépris; mais son état exige des soins,
et je veux qu'on les lui prodigue; puis,
se retournant vers la tourière qui
était venue là, elle lui ordonna d'aller
chercher la sœur Ursule chargée des
fonctions chirurgicales dans le couvent. La tourière obéit, et revint aussitôt avec cette fille qui, pleine d'humanité, plaida la cause de l'infortunée,
et demanda qu'elle fût transportée
dans un endroit moins malsain. Sœur
Ursule, lui répondit séchement la supérieure, je ne vous ai point fait venir

ici pour m'indiquer ce que je dois
faire, mais bien pour vous prier de
donner vos soins à cette fille. Sans
oser répliquer, la sœur Ursule s'ap-
procha du lit d'Alma, tâta le pouls de
la malade, le trouva fort élevé, et fit
une ordonnance que la tourière porta
de suite à la pharmacie du couvent.
La supérieure et la dépositaire allaient
quitter le caveau, lorsqu'Alma vint se
jeter au-devant d'elles. Arrêtez, leur
cria-t-elle, arrêtez! cédez une fois à
ma prière. Ce n'est pas pour moi que
je descends jusqu'à supplier deux
femmes cruelles et barbares que la
haine et la plus injuste vengeance di-
rigent et arment contre moi. Je sais
souffrir; mais cette innocente créature,

qui ne doit point partager ma misère,
qui ne vous a point outragées, réclame
votre humanité, serez-vous sourdes,
serez-vous insensibles à ses cris? Ac-
cablez-moi de toute votre rigueur;
faites-moi expirer sous le poids de
votre cruauté, je vous le pardonne
volontiers : j'aurai la force de mourir;
mais cet enfant, le condamnerez-vous
aux supplices de sa mère? Les alimens
grossiers que vous me donnez peuvent
me suffire tels qu'ils sont; mais il
lui en faut de plus délicats; je peux
vivre dans ce cachot, j'ai la force d'en
supporter long-temps l'humidité et
l'odeur infecte; mais cet être chétif
veut un lieu plus sain, un air plus
pur; si vous le lui refusez, il périra, vous

l'aurez assassiné. Cruelles! croyez-
moi, épargnez-vous un crime inutile;
une fois, laissez parler vos cœurs, ne
repoussez pas loin de vous le plaisir
de faire une bonne action. Montrez-
vous généreuses envers l'innocence,
et Alma vous pardonnera tous ses
maux.

Ce discours prononcé avec véhémence fit peu d'effet sur la supérieure
et la sœur Marthe, qui plusieurs fois
avaient repoussé cette infortunée
mère. Marthe demanda qu'Alma fût
sur l'heure séparée de son enfant;
mais la sœur Ursule, présente à cette
scène déchirante, s'y opposa de tout
son pouvoir. Madame, dit cette bonne
religieuse, vous voulez donc la mort

de la sœur Alma? la situation dans
laquelle elle se trouve commande
moins de sévérité et doit désarmer
votre colère ; notre sainte religion ne
nous ordonne point d'être inhumai-
nes, et l'indulgence pour le prochain
est la première vertu d'une âme vraiment chrétienne. Je suis persuadée,
ajouta Ursule, en regardant madame
de Tolly, que notre supérieure se ran-
gera de mon côté. En effet, madame
de Tolly qui avait été un peu émue
par les prières d'Alma, et qui, d'ailleurs, n'avait pas comme Marthe un
motif si grave à venger, fit à la sœur
Ursule un signe d'approbation et se
retira en donnant des ordres afin
qu'on administrât de suite à la mère

et à l'enfant tous les secours qu'exi-
geait leur état. La dépositaire furieuse,
mais forcée de cacher sa rage, se retira et quitta le caveau en jetant un
regard menaçant sur Alma et sur son
fils.

Quand Alma se trouva seule avec
Ursule, elle la remercia affectueuse-
ment de ce qu'elle venait de faire et
d'obtenir pour elle. La bonne et sensible religieuse l'assura qu'elle ferait
tout ce qui dépendrait d'elle pour la
rétablir dans l'esprit de la supérieure qui avait de l'amitié pour elle,
et auprès de laquelle elle avait un
peu d'influence. Je ne vous le cache-
rai pas, ma chère sœur, lui dit-elle,
je crains beaucoup d'être traversée

dans mes démarches par la dépositaire ; mais ce n'est pas de quoi il
faut nous occuper aujourd'hui. L'es-
sentiel est de vous rétablir, de prodi-
guer des soins à cet enfant, et nous
verrons ensuite ce qu'il nous restera
à faire.

Dans ce moment, la tourière rentra dans le caveau avec une jatte de
bouillon, un peu de vin et quelque
peu de sucre. Après elle, arriva une
sœur converse, chargée d'un matelas
d'une paire de draps et d'un oreiller.
On donna du linge de corps à Alma,
qui n'en avait point changé depuis
plus de trois mois. Quelques lambeaux
de toile propres enveloppèrent l'enfant qui fut placé à côté de sa mère,

dans le lit plus doux et plus commode qu'on venait de former.

Que d'actions de grâce ne rendit point Alma, lorsqu'elle se vit ainsi traitée ! Que de bénédictions prodiguées à la bonne sœur Ursule. A l'entendre, la supérieure n'a plus aucun tort envers elle ; la dépositaire lui paraît moins cruelle, et la tourière qui est devant elle, lui est un ange envoyé du ciel pour la soulager. Qu'un peu de bien rend heureux ! Après de longues souffrances, de si pénibles privations, quelques cuillerées de bouillon, un peu de vin rendirent à cette infortunée ses forces premières et son courage abattu. Son caveau lui inspira moins d'horreur.

La venue d'un fils, beau comme le
jour, l'image vivante d'un amant
perdu pour son cœur, sembla la con-
soler un instant et lui promettre un
avenir meilleur.

Peu de jours suffirent pour rendre
à Alma sa santé et sa vigueur; un
peu de contentement, aidé de la
force de la jeunesse, la rétablit
tout-à-fait. Elle allaitait son enfant
et ne s'occupait plus que de lui. Tout
en lui prodiguant les sources de la
vie, tout en le caressant, son imagination active se promenait dans l'a-
venir; elle lui représentait ce fils chéri,
grand, bien fait, spirituel, comblé
des dons de la fortune, son vengeur
et son appuï; mais, tandis que cette

tendre mère rêvait le bonheur pour son enfant, la sœur Marthe qui était parvenue à reprendre tout son empire sur madame de Tolly, avait trouvé les moyens de lui faire entendre qu'on ne pouvait laisser à Alina son enfant, sans courir les risques d'une forte réprimande et peut-être une punition de la part de l'archevêque; qu'il était bien plus sage, pour éviter quelque scène fâcheuse, d'ôter à la coupable religieuse un enfant que décemment on ne pouvait laisser élever dans le couvent. Et enfin, de livrer la mère, comme par le passé, à toute la sévérité que sa faute commandait.

Ces raisons ayant paru concluantes

à la supérieure, elle céda aux instances de la sœur Marthe, à laquelle
elle laissa le soin de cette expédition.
C'était là ce que cette femme deman-
dait. Maîtresse donc d'agir, elle ne
perdit point de temps, elle se rendit
au caveau, sous le prétexte de visiter
Alma, dont l'état de santé la surprit
et lui causa un dépit mortel. Elle ordonna à voix basse à la tourière, qui
l'avait accompagnée, de dire de sa part
à la sœur Ursule de ne plus se rendre
auprès de la coupable. Ensuite elle
regarda l'enfant qu'Alma lui présenta
avec la naïveté d'une âme pure, et
l'orgueil d'une mère heureuse; mais
c'est à une rivale qu'elle présente le
fruit d'un amour qui fait son sup-

plice ; c'est à une ennemie implacable, que rien ne peut attendrir, qu'aucun sentiment de compassion ne peut arrêter. Marthe fixe l'enfant d'un regard étincelant, son rire est amer, son geste annonce les convulsions de la rage, sa main crispée est prête à frapper... Cependant elle se contient, et remet à un autre moment la consommation de son crime. L'enfant d'Alma ne mourra point ; mais il sera livré à l'infamie, il sera bientôt perdu pour sa mère. C'est l'arrêt qu'elle prononce en pensée contre l'innocente créature.

Occupée du dessein qu'elle vient de former, elle quitte Alma, la tourière et le caveau, court au jardin,

y arrache quelques pavots , se rend
à la cuisine du couvent, compose un
breuvage qu'elle mêle avec du vin et
beaucoup de sucre , et l'envoie, au
nom de la sœur Ursule , qu'elle sait
pleine d'attention pour Alma. La
pauvre religieuse sans défiance avale
cette boisson qu'elle trouve excel-
lente ; mais bientôt elle est surprise
par un profond et perfide sommeil.

Lorsque le soir est venu , quand la
dépositaire croit que son breuvage a
produit l'effet qu'elle en attend, elle se
rend au caveau où la tourière l'a pré-
cédée ; là , elle ordonne à cette femme dévouée, aveuglément obéissante
à ses moindres volontés , de s'emparer de l'enfant de sa rivale, qui repose

sur le sein de sa mère, et d'aller
l'exposer dans la ville où elle le juge-
rait convenable, pourvu que ce soit
très-éloigné du monastère. La tourière exécute avec empressement et
une joie féroce l'ordre de la sœur
Marthe qui referme la porte du caveau, et toutes deux abandonnant
Alma, livrée à un sommeil qu'aucun
bruit ne peut troubler, elles vont d'un
pas assuré mettre la dernière main à
l'œuvre d'un crime abominable aux
yeux de Dieu et des hommes.

Haine, vengeance, amour blessé,
quel empire exercez-vous donc sur le
cœur humain? vous le rendez tour-à-
tour injuste, méchant et barbare.
Grâces à vos perfides insinuations,

l'homme né pour la vertu descend à la perfidie, à la bassesse, au crime. Par cette férocité à laquelle vous le portez trop souvent, vous le dégradez, vous le ravalez à l'humiliante condition de la brute, vous éloignez de lui, vous bannissez de son âme les sentimens généreux, la raison, l'humanité, sans lesquels il n'est pour lui ni satisfactions intérieures, ni bonheur parfait sur la terre.

CHAPITRE XVIII.

Quel écrivain se flatterait de décrire fidèlement le réveil d'une mère tendre, à laquelle on vient d'enlever son enfant? Sa main protectrice le cherche pour le caresser, son œil avide croit le voir, son cœur bondit de crainte et de joie : elle ne voit rien, ne touche rien, et cependant elle ne peut encore croire à son malheur. Elle maudit son sommeil, elle s'accuse de négligence ; à mesure que la certitude l'éclaire, son désespoir s'accroît. Cette mère éplorée quitte enfin sa couche solitaire , en visite les alentours en désordre , et bientôt a l'affreuse conviction de la perte qu'elle vient de faire.

Telle est la situation de notre héroïne : dix heures d'un sommeil léthargique viennent de mettre le comble à ses infortunes ; son désespoir se change en fureur, des cris de sa douleur elle fait retentir les entrailles de la terre où elle est ensevelie. A la rage succède l'anéantissement, elle tombe sur le pavé glacé de sa prison, où elle demeure quelque temps sans connaissance ; revenue à elle, c'est pour verser des larmes par torrent ; c'est pour demander son enfant aux femmes perfides et cruelles qui le lui ont ravi

et qui ne peuvent l'entendre. Où étais-
je, se dit Alma, lorsque les barbares
m'enlevèrent mon fils? mes efforts,
mes cris, mes prières se seraient op-
posés à cet excès de cruauté.

Mais ce fils, ce fruit malheureux
d'un amour plus malheureux encore,
qu'en ont-elles fait? vit-il? qu'est-il
devenu? l'ont-elles égorgé?... Eh!
quoi, l'instinct maternel ne me dit
pas où est mon enfant!... Quand je le
saurais, ces verroux énormes fermés
sur moi, ne m'empêchent-ils pas de
voler à lui, de l'arracher de leurs
mains... Ah! trop infortunée Alma,
il te faudra mourir privée de toute
consolation.

Elle a dit, s'arrachant les cheveux

et se meurtrissant le sein, elle se livre
au plus violent désespoir, auquel succède peu à peu un calme apparent.
Épuisée de fureurs et de larmes; af-
faiblie par son état physique, Alma ne
murmure plus, un silence profond
précède un assoupissement qui paraît
devoir lui rendre un peu la tranquil-
lité de l'âme.

Sitôt que les rayons du jour ont
cessé d'éclairer les voûtes des cloîtres
du monastère; lorsque tout le monde
est rentré; quand le calme le plus
profond règne partout, la tourière,
suivant toujours les instructions qu'elle
a reçues de la dépositaire, sort furtive-
ment du couvent, tenant l'enfant
d'Alma enveloppé dans une longue

serviette et placé dans le fond d'une vaste corbeille, autrefois destinée à contenir des fleurs. Chargée de son précieux fardeau, l'indigne complice de la sœur Marthe dirige ses pas furtifs çà et là dans la ville, sans tenir aucun chemin direct, tant elle craint d'être rencontrée. Ce n'est pas qu'elle n'ait pris quelques précautions pour ne point éveiller les soupçons; elle s'est affublée d'une vieille mante grise, un bonnet blanc a remplacé le voile noir du couvent, de lourds sabots sont à ses pieds et font résonner le pavé sous leur poids. L'obscurité de la nuit semble favoriser cette femme, vingt personnes sont passées près d'elle sans y faire la plus légère attention.

Après une demi-heure de marche, de
tours et de détours, la tourière s'arrête et se repose sur le banc d'une
maison de riche apparence. Elle se
trouve à l'extrémité de la ville. Selon
ses instructions, c'est là le terme de
sa course nocturne et criminelle. La
tourière ignore à qui appartient la
maison où elle s'est arrêtée, elle la
considère avec attention, aucune lumière ne paraît au dehors, le plus
grand silence règne dans l'intérieur,
quelques minutes de réflexion lui suffirent pour se décider à abandonner
là l'enfant ; elle pose donc la corbeille
et sa victime sur le banc de pierre,
lui souhaite un bon protecteur et une
brillante fortune ; et tout en comptant

les grains de son chapelet, elle regagne le couvent où elle rentre avant que son absence n'ait été remarquée. A la pointe du jour, son premier soin est d'aller rendre compte à la dépositaire de l'heureuse issue de sa démarche de la veille. A chaque mot de la tourière, cette femme marque une joie qu'elle n'a plus de raison de contenir, et met dans la main de la tourière deux pièces d'or comme récompense de son zèle. Sœur Luce, lui dit-elle, il est juste que vous n'ayez pas pris tant de peines sans en recevoir le prix; gardez donc cet or comme un premier gage de ma libéralité et de ma reconnaissance enversvous. Je dois cependant vous prévenir que si jamais il

vous échappait un mot sur tout ce qui
vient de se passer entre nous et madame
la supérieure relativement à Alma et
son fils, autant je me promets de bien
payer votre zèle, autant je punirais
votre indiscrétion. La tourière pro-
testa de son mieux et fit serment sur
Dieu, les anges et la croix de bois
pendue à son côté, que jamais elle ne
révélerait une chose qui la pouvait
compromettre. Après quoi elle s'en
retourna aux devoirs de son emploi
et la dépositaire se disposa, en la con-
gédiant, à aller trouver madame de
Tolly pour l'informer de ce qui venait
de se passer.

La fraîcheur des dales du caveau,
le besoin d'alimens tirèrent enfin Al-

ma de son long assoupissement. Son
réveil, cette fois, fut un peu plus calme.
Long-temps elle promena ses yeux
appesantis sur tout ce qui l'environ-
nait : ses regards revenaient sans cesse
sur son lit, où elle ne voyait plus son
enfant, et elle poussait un soupir douloureux. Enfin elle se relève, fait
quelques pas, mais ses forces l'aban-
donnent ; sa couche, baignée de ses
larmes, la reçoit, et bientôt réchauffe
ses membres engourdis.

La lumière vacillante de la lampe
qui éclairait son caveau allait s'éteindre faute d'huile, lorsque la porte
s'ouvrit : c'était la tourière, munie de
pain, d'eau et d'un peu de soupe, une
sœur converse l'accompagnait. Allons,

dit durement cette méchante femme ,
allons, allons, qu'on se lève , j'ai l'ordre de faire dégarnir ce lit et d'en
enlever les draps et le matelas. La
pauvre religieuse ne pouvant point
obéir aussi promptement qu'on le lui
commandait , attendu l'épuisement
où elle se trouvait réduite , fut inhu-
mainement arrachée de sa couche et
renversée sur les dales du caveau. Ses
cris, ses larmes n'eurent aucun pouvoir sur l'âme de bronze de la tourière. Elle commanda à la sœur converse d'exécuter son ordre, ce que fit
cette fille , tremblante de crainte , les
paupières humides et les regards de
pitié tournés vers le ciel, et s'éloigna
en jetant un soupir douloureux.

Demeurée seule auprès d'Alma, la
tourière lui signifia qu'elle allait reprendre son nouveau genre de vie et
recevoir la discipline comme par le
passé. La pitié de notre supérieure a
bien voulu céder à la situation où
vous vous êtes trouvée, ajouta cette
femme ; mais à présent que vous voilà
parfaitement rétablie, il ne faut plus
compter sur aucun bon traitement de
sa part. Alma voulut répliquer, mais
un vigoureux coup de discipline, donné à travers le corps de cette infortunée, la réduisit au silence pour un
moment ; cependant, outrée contre la
tourière, elle se releva furieuse en
s'écriant : Barbare ! avez-vous bien le
droit de m'accabler de votre injuste

rigueur? Avez-vous résolu de me faire
expirer sous vos coups? de me laisser
mourir en ne me donnant qu'un peu
de subsistance pour soutenir ma triste
vie et prolonger mes tourmens? Ah!
cessez, mettez un terme à votre odieuse
conduite, dont le ciel vous deman-
dera compte un jour, ou craignez les
effets de mon désespoir. Cette fois
encore la tourière voulut répondre à
Alma en la frappant de sa discipline;
mais n'écoutant plus que son ressentiment, cette fille saisit une escabelle,
et d'un bras auquel la colère seule
rendait quelque force, vint fondre sur
la tourière, qui, à demi assommée,
tomba évanouie sur les dales du caveau. Le premier mouvement d'Alma

c'est pour fuir. Le désir d'échapper à
ses bourreaux, le bonheur de retrouver
son fils, et la crainte d'avoir tué la
tourière s'emparèrent tout-à-coup de
ses esprits troublés. Elle éteignit d'a-
bord la lampe dont la sœur converse
venait de ranimer la lumière, et, tout
en tâtonnant, gravit l'escalier qui
conduit aux pièces supérieures du
monastère. Elle était parvenue à la
première marche, malgré l'obscurité; elle se serait sauvée infail-
liblement, sans un incident qu'elle
n'avait point prévu : la clarté d'une
bougie, qu'une personne portait, vint
tout-à-coup briller dans le vaste et
sombre corridor qui était devant elle.
Alma recula d'abord d'effroi, ensuite

elle prêta l'oreille, entendit des pas,
et bientôt fut assurée que la supérieure et la dépositaire se rendaient
à son caveau. Elle voulut rétrograder,
mais les forces et le courage lui man-
quèrent à la fois, elle demeura
comme immobile sur l'escalier. Dans
quelle étrange surprise ne furent pas
jetées madame de Tolly et la sœur
Marthe, à la vue d'Alma, qu'elles
croyaient encore loin d'elles. Est-ce
bien vous, sœur Alma, s'écria la supérieure, est-ce vous que je vois?
Répondez, ajoute la dépositaire, en
regardant la pauvre religieuse qui, interdite et hors d'elle, ne put articuler
un seul mot. Madame, reprit Marthe,
en se retournant vers la supérieure,

je la reconnais, c'est notre prison-
nière. Puis saisissant Alma par le bras,
elle ajoute en lui lançant un regard
foudroyant : Comment êtes-vous ici?
pourquoi avez-vous quitté votre caveau? enfin, où est la tourière? A cette
question Alma, saisie d'un trouble
inexprimable, ne peut que répondre
ces mots : Elle est morte, c'est moi.....,
et elle tombe sans connaissance. Cependant madame de Tolly et la dépositaire restent indécises sur ce qu'elles
vont faire d'Alma. Ne voulant point
appeler personne pour les seconder,
ces femmes prennent le parti de l'enlever dans l'état où elle se trouve, et
de la descendre au caveau. Aussitôt
la jeune religieuse est chargée tour

à tour sur les épaules de la supérieure
ou jetée dans les bras de la sœur Marthe ; débarrassées de leur fardeau ,
qu'elles déposent rudement sur le grabat, elles vont à la tourière , et l'ai-
dent à se relever. Cette femme est
baignée dans son sang, Alma lui a
fait une large blessure à la tête. Quand
la tourière est entièrement revenue à
elle, madame de Tolly lui adresse
quelques paroles obligeantes, et lui
présente son bras pour remonter l'escalier, tandis que la dépositaire, armée du fouet mystique et vengeur,
tombe sur l'infortunée , l'accable
de coups , en lui adressant les épi-
thètes les plus injurieuses, puis referme la porte du caveau, et l'aban-

donne à sa douleur et à ses angoisses.

Lorsqu'Alma est livrée à elle-même, lorsque tous les maux l'accablent, lorsque, privée d'appui et de secours, il n'est plus pour elle le plus léger espoir d'un avenir meilleur, que ses gémissemens sont pénibles ! que ses souvenirs sont déchirans dans son âme ulcérée ! le calme prend la place du désespoir ; mais combien ce silence est funeste, qu'il lui cause de mal ! Tour à tour occupée des divers motifs qui sont les causes de ses infortunes, elle s'interroge, se répond, se blâme, se rassure, tremble ou se roidit contre les coups du sort ; les divers sentimens qui l'animent forment un cercle au-delà duquel sa pensée ne s'étend plus.

La religion qu'elle a déshonorée par sa faute ; Ernest Humbold qu'elle a aimé, son enfant dont elle se trouve privée, et son frère, son frère ingrat, sont les objets qui occupent son imagination. Lorsque cette fille, plus à plaindre que condamnable, songe aux vœux téméraires qu'elle a prononcés, elle ne peut retenir ses larmes amères, et s'écrie dans son repentir : Ah ! qu'il est loin de moi ce jour où le zèle de la religion et la grâce du ciel proclamèrent ma vocation, et m'enchaînèrent aux pieds de leurs autels ! un pressentiment qu'alors je ne pus démêler me fit répandre des pleurs, oui, mes larmes ont coulé, mes lèvres ont baisé dévotement et avec

enthousiasme le voile sacré des vœux.
Que j'étais fière alors de le porter !
Les yeux attachés sur la croix sainte,
et courbée devant le tabernacle res-
plendissant du feu des lampes d'or,
j'ai prononcé des vœux que les anges ont reçus, que le ciel et mes sermens ont sanctionnés, et cependant
je les ai trahis !

Son amant est-il l'objet de sa pensée ? l'amour et l'espérance renais-
sent dans l'âme ardente de cette fille.
Elle appelle Ernest, le demande : Si tu
n'as pas succombé sous le fer de nos
ennemis, s'écrie-t-elle, si tu m'aimes
encore, toujours, cher Ernest, cher
amant, je t'en supplie, viens abréger
mes maux, viens me rendre à toi, à la

liberté, à notre fils, au monde, viens,
que ma main frémisse dans la tienne,
comme au temps de nos premiers
transports ; que mes lèvres pressent
tes lèvres, comme au jour des délices... Mais quels vœux osé-je former!
malheureuse Alma, tu parles de liberté sous les verroux d'un cachot,
de délices d'amour dans le plus cruel
abandon. Ah! que ces pensées fuient
à jamais de ton esprit. Ernest, fuis,
oublie Alma, laisse-la à ses devoirs,
à son Dieu : qu'une félicité plus du-
rable que celle de l'amour l'occupe
seule, qu'elle dessille ses yeux, et ne
lui présente désormais d'autre bonheur que celui de la gloire céleste.
Fais tout pour retrouver notre fils

ravi à ma tendresse. Va, vole, cours
jusques aux déserts l'appeler, le demander, le presser sur ton cœur. Que
j'apprenne qu'il a un père, qu'il porte
son nom, qu'il est digne de toi, de
cette tendresse qui m'attache à toi,
et je meurs contente de ma destinée.—
Pour moi, je dois rester ici pour toujours, je dois périr dans ce cachot
sur cette paille, mes bourreaux me
l'ont dit cent fois. La mort, la mort
seule peut finir ma misère et rompre
les liens sacrés qui m'enchaînent à
cette maison... Mais quelle vienne
donc promptement cette mort impi-
toyable, je ne la redoute que pour
mon cher Ernest et mon enfant ; je
la verrai s'avancer pour moi comme

un bienfait, puisqu'elle terminera mes
peines, mes ardeurs, puisqu'elle doit
seule effacer mes faiblesses, et mettre
un terme à mes douleurs.

Puis, passant-tout-à-coup au souvenir d'un frère qui jouit d'une fortune que volontairement elle lui a
sacrifiée, la malheureuse Alma s'interroge et se demande avec l'accent
de l'amitié fraternelle : Et Julius, ce
frère chéri, cet ami de mon enfance,
qu'est-il devenu ? Que fait-il ? Est-il
heureux ?..... Il ne s'informe donc
plus de sa bonne sœur... Cependant
j'ai fait... Ah ! ne lui reprochons pas
mes malheurs, je l'ai forcé de céder
à mes instances, à mes vœux.. Mais
cet abandon, mais cet oubli dans

lesquels il me laisse depuis cinq ans
que je ne l'ai vu paraître au parloir,
comment le justifier d'une indifférence si coupable ?... Mais, pour le
blâmer, attendons encore. Julius
m'aimait tendrement, des raisons
que je ne connais point ont pu
seules le tenir si long-temps éloi-
gné de moi. S'il savait dans quel
état d'infortune je suis tombée, s'il
voyait mon cachot, où jamais un
bienfaisant rayon ne pénètre, s'il
voyait mon corps déchiré de coups
sanglans, dépéri, faute de nourriture,
s'il me voyait enfin étendue sur ce
lit infect et cette paille brisée, Julius
frémirait, son cœur, s'il n'est point
changé, ne pourrait tenir devant le

spectacle de la misère de sa sœur, il
l'arracherait de ce tombeau, il invo-
querait les lois, il ferait punir du
dernier châtiment les femmes cruelles qui la persécutent, au nom d'une
religion de tolérance et de miséri-
corde, et qu'elles déshonorent par
leurs actions et leur hypocrisie.

Enfin ses esprits fatigués se repor-
tent sur elle-même, la ramenant aux
principes de cette vertu dont l'amour
l'a fait s'écarter. Alma jetant un regard en arrière, se dit avec douleur
et sentiment : Qu'elle est heureuse
celle qui n'a point connu les charmes de l'amour ! Qu'elle est brillante la destinée de la vierge pure
qui s'est consacrée au seul culte de

son Dieu ! Elle ignore le repentir que
la faiblesse n'a pas précédé, elle ne
pense au monde que pour l'oublier.
Son cœur tranquille goûte les douceurs d'un calme profond, le travail,
le repos, partagent son temps, le
sommeil paisible dont je suis privée
rafraîchit ses sens, et lui laisse la liberté de prier son Dieu et de régler
ses désirs. Ses affections ne sont
troublées par rien ; ses larmes, si
elle en répand, sont excitées par la
joie, elles deviennent alors un délire
que je ne connais plus. Sans cesse une
grâce divine l'environne de ses rayons
éclatans, ses songes sont doux,
comme le souffle du zéphir caressant;
elle ne voit que des anges, elle n'en-

tend que des hymnes, ne respire que
des roses ; son réveil n'est troublé
que par l'excès du bonheur dont elle
est enivrée. Ah ! combien mes rêves
sont différens ! Quand épuisée de
douleurs et baignée de larmes, je
m'étends sur cette couche humide,
mes esprits et mes membres engourdis cèdent enfin au besoin du repos,
le premier objet qui se présente à
mon imagination, est le même qu'é-
veillée je crois à mes côtés. Je le vois,
je l'appelle, je le presse sur mon sein
flétri..., c'est Ernest, toujours lui !
Je lui parle de mon fils, ses sanglots
répondent à mes sanglots. Ah ! qu'a-
lors mon réveil est loin encore de
celui de la vierge pure ! Je me sur-

prends sur mon séant ou à genoux,
les yeux égarés, les cheveux en désordre... Je ne vois plus rien ; au
lieu d'hymnes célestes, j'entends le
vent humide et glacial des cachots,
au lieu de parfums suaves, je ne respire que l'air fétide et malsain qui
m'environne. Je retombe épuisée sur
ma couche, détestant mes illusions
trompeuses, les hommes et l'existence ; le désespoir s'empare de moi,
et de nouveau la tempête est dans
mon cœur.

Mais revenons à l'enfant de cette
malheureuse fille, que nous avons
laissé sur le banc d'une maison située
à l'extrémité de la ville ; disons ce
que devient cette innocente victime,

abandonnée par l'infâme tourière, et exposée sans pitié au froid d'une nuit sombre et pluvieuse.

Par un hasard qu'on ne peut qu'attribuer à la bonté infinie du maître de toute chose, qui veille sur sa moindre créature, l'hôtel où s'arrêta la tourière complice de la dépositaire et de madame de Tolly, était précisément celui qu'habitait le baron de Rosberg, alors absent d'Augsbourg, et sous les drapeaux de l'empereur Léopold.

La baronne, qui avait enfin pris son parti sur l'indifférence marquée de son époux, et qui d'ailleurs n'était pas femme d'humeur à souffrir long-temps des mépris d'un homme,

lorsqu'à la cour de Vienne, elle s'était
vue entourée de cent adorateurs qui
tous briguaient à l'envi l'honneur
d'être attaché à son char, la baronne, dis-je, s'était livrée aux plaisirs qu'on trouve dans le monde, et
à tous les genres de distractions hon-
nêtes qu'une femme peut raisonna-
blement se permettre. Elle voyait
donc la société la mieux choisie, elle
y chantait, dansait, jouait; le bal
surtout était pour elle un plaisir qui
prévalait sur tous les autres. Un matin qu'elle revenait d'une assemblée,
ou plutôt d'une fête donnée chez le
grand-bailli, sa voiture s'étant accro-
chée à l'une des bornes de la porte
cochère de l'hôtel, grâce à la mala-

dresse de son cocher , mettant la tête
à la portière dans un instant d'impatience , elle aperçut une corbeille sur
le banc de pierre , de laquelle par-
taient des cris enfantins. Elle appela
aussitôt son domestique , quand la
voiture fut entrée dans la cour, et
lui ordonna d'aller lui chercher la
corbeille qu'elle venait de remarquer ;
le valet obéit, apporta la corbeille ,
et suivit sa maîtresse à son appartement ; là , le linge qui couvrait l'enfant fut enlevé , et la jeune baronne,
à sa grande surprise , vit le plus joli
petit garçon du monde. Son cœur ,
qui alors n'était point encore corrom-
pu , s'ouvrit à la pitié , elle caressa
cet enfant , le prit dans ses bras , le

regarda, et ordonna que l'on eût le plus grand soin de lui. La femme-de-chambre présente s'empare aussitôt du petit garçon, et, sous les yeux de sa maîtresse, lui présente des alimens qu'il rejette, ce que voyant la baronne, elle fait partir un exprès pour son château, avec ordre d'en ramener la femme du jardinier qu'elle sait avoir sevré son dernier né. Le domestique parti, madame de Rosberg examina l'enfant de nouveau, et chercha dans la corbeille si elle ne trouverait pas quelques indices qui lui apprissent à qui il pouvait appartenir; mais ce fut inutilement : aucune trace n'indiquait le nom ni la famille de cette innocente créature, à laquelle la baronne prenait déjà le plus vif intérêt. Puisque ce petit garçon est abandonné, dit-elle à ses gens qui l'entouraient, et qui étaient venus se grouper autour d'elle, j'en veux prendre soin, sa reconnaissance me dédommagera peut-être un jour des peines que je vais prendre pour lui conserver la vie... Que ne me devront pas les auteurs de ses jours ? Que dis-je ! croiront-ils me devoir quelque obligation, eux, qui l'ont si cruellement exposé à la charité publique ?... Mais ne les accusons pas encore, ajoute la jeune et bienfaisante baronne, ils sont peut-être pauvres et dans la pénible impossibilité de l'élever... Ce n'est peut-être pas sans dessein qu'on l'a laissé sur ce banc de pierre...; mais la nuit..., au froid... Pauvre petit! Je suis sans enfant jusqu'alors, eh bien! tu seras le mien!.... Je te servirai de mère, puisque la tienne se prive de ce nom si doux. A cette exclamation, l'intendant du baron de Rosberg ne put se défendre de féliciter la baronne sur sa compassion et la noble tâche qu'elle venait de s'imposer : Bien, madame, bien, lui dit ce vieillard, c'est à ceux que la fortune a comblés de ses faveurs qu'il convient de se montrer bienfaisant ; la richesse ne doit avoir réellement de prix, qu'autant qu'elle sert à faire des heureux, et même des ingrats. Cet enfant, en

devenant le fils de madame , sera
pour l'avenir un témoin parlant de
ses vertus ; il se plaira à les procla-
mer, son respect, son amour et sa
reconnaissance seront , n'en doutez
pas, la douce récompense que le ciel
réserve à votre belle action.

Pendant que le bon intendant parlait ainsi, la baronne et ses femmes
versaient de douces larmes, la baronne surtout éprouvait cette satisfaction intérieure qu'on éprouve ordinairement en pareille circonstance,
tant il est vrai que la bienfaisance ,
comme l'amour et l'amitié , a ses
charmes secrets et son bonheur qui
n'ont rien que de céleste.

Le domestique expédié pour le châ-

teau avec la voiture dont les chevaux
n'avaient pas été dételés, revint bientôt
accompagné de la femme du jardinier.
A la vue de cette femme la baronne, oubliant son rang pour ne s'occuper que
de l'enfant, avec un empressement
singulier s'avança vers elle et lui dit
d'un ton affectueux : Charlotte, je sais
que vous cherchez un élève, en voici
un dans cette corbeille, que je con-
fie à vos soins ; c'est un pauvre or-
phelin que j'ai trouvé ce matin sur le
banc de l'hôtel ; voyez, Charlotte,
voyez comme il est beau ! c'est un
ange ! En achevant, la baronne remit
l'enfant entre les bras de la paysanne
avec une bourse remplie d'argent.
Voilà pour lui acheter une layette,

ajouta madame de Rosberg, et vous
payer de vos premiers gages. Si par
la suite je suis satisfaite de vous,
Charlotte, vous pouvez compter sur
une honnête récompense.

Au mot de récompense Charlotte
embrassa l'enfant, et lui présenta son
sein qu'il prit avidement. On convint
ensuite qu'on le nommerait Ernest
en attendant que ses parens se fassent
connaître et viennent le réclamer. La
paysanne très-satisfaite s'en retourna
au château. Quant à la jeune baronne
qui venait de passer la nuit au bal,
elle alla se mettre au lit où cette fois
les plus heureux songes vinrent occuper son imagination, et la bercer
des plus douces illusions.

Les gens de madame de Rosberg se retirèrent en bénissant une si généreuse maîtresse qui leur donnait chaque jour des leçons de bienfaisance, et les marques d'une bonté pour eux intarissable.

FIN DU TOME SECOND.